黑暗森林

一個太監的皇帝夢

上

李西閩／著

人世間所有的愛和恨，
終將被時光埋葬；
所有醜惡的靈魂以及人間正義，
終將隨風飄散……

——題記

第一章

噩夢從光緒二十九年中秋節晚上開始。

唐鎮人生活清苦，只有逢年過節時才捨得到街上割點肉，做些好吃的東西。中秋是大節，唐鎮熱鬧非凡，鎮街上人來人往，人們臉上都堆滿了笑容，唐鎮的節日平和快樂，沒有人會在這樣的日子和別人過不去。有個大快人心的消息在節日喜慶的氣氛中風般流傳：晚上在興隆巷新落成的李家大宅門口空坪上唱大戲，大宅主人李公公請來的戲班一大早就來到了唐鎮。

唐鎮人已經記不得有多長時間沒有看大戲了，這個消息鴉片般刺激著唐鎮百姓的神經，就連狗也興奮得在街巷裡亂竄。

一個面目清秀的男孩卻對唱大戲無動於衷。他坐在家門口的矮板凳上，漫不經心地看著小街上來來往往的行人，人們的喧譁或者細語彷彿都和他無關。鄰居家走出一個黑乎乎的瘦弱孩子，一眼就瞟到了他。

黑臉孩子對他說：「冬子，晚上我們一起去看戲，好嗎？」

冬子沒有搭理他。

他用怪異的目光審視冬子：「冬子，你犯病了？」

冬子突然大聲說：「阿寶，你不要煩我！」

阿寶搖了搖頭：「我看你真的犯病了。」

冬子沉默，繼續不理睬阿寶。

阿寶無奈地走了。

各種食物的香味從唐鎮人家裡飄出來，肆無忌憚地勾引著人們的味蕾。這些香味折磨得冬子死去活來。冬子一次又一次地吞嚥著口水，眼前浮現出大塊的香噴噴的紅燒肉。冬子今年十二歲，從春天開始到秋天，他總覺得自己吃不飽，肚子總是空蕩蕩的，嘰嘰咕咕不停叫喚。他懷疑自己的肚子裡長了蛔蟲，卻不敢和父母說，如果說了，父母就會到鄭先生那裡去取來打蛔蟲的藥給他吃。阿寶肚裡長過蛔蟲，就是吃了鄭先生的藥，屙出了一大包的蛔蟲。那些粉紅色的蛔蟲令人噁心，他不希望自己也屙出蛔蟲，更不希望自己吃鄭先生的藥，阿寶說那藥很苦，吃完幾天嘴巴裡還有那奇怪的苦味。冬子厭惡苦澀的滋味，他想，自己肚子裡就是長滿了蛔蟲，也不吃鄭先生的藥。

冬子知道晚上家裡有好吃的，一天都沒有吃東西，儘管餓得快昏過去。他坐在家門口的矮板凳上，等待晚飯時間的到來。好幾次，他的姐姐李紅棠走出家門喚他去幫忙幹點活，他就是那樣無動於衷。李紅棠拿這個弟弟沒辦法，打也不是罵也不是，只好回到屋裡，和母親游四娣一起忙碌著準備中秋節的晚飯。冬子的父親李慈林一大早就出去了，家裡人誰也不知道他去哪裡了。

冬子從來不擔心父親會出什麼意外，今天也一樣。他知道，到了晚飯時分，父親總歸會回來。他心裡有種渴望，渴望父親早些回家，只要父親一回家，晚飯就要開始了，否則五大三粗的蠻漢父親會惱火。

到了傍晚時分，冬子還沒有等到父親回來，這時天卻下起了雨。雨水在這個節日讓人生厭。如果雨不停地下，勢必影響唐鎮人看戲，也會影響賞月。上午時，天上還豔陽高照，下午天就陰了，誰也沒想到，傍晚雨就落下來了。冬子對雨水的降落不像唐鎮其他人那樣大驚小怪，他納悶的是，父親爲什麼還不回家。雨水飄落在他的臉上，他感覺到一絲涼意，還有些癢，彷彿有許多小螞蟻在臉上爬。

冬子深深地吸了一口氣，他聞到了自家餐桌上飯菜的香味，不禁渾身顫抖了一下，大快朵頤的這一刻終於要來了。他內心又忐忑不安，父親怎麼還沒有回來，父親要是不回家，他們怎麼也不敢先吃的。冬子突然站起來，走向小街。李紅棠走出來，朝他喊道：「冬子，要吃飯了，你去哪裡？」

冬子頭也不回，扔下一句話：「我去尋爹回家。」

李紅棠追上去，拉住了冬子的胳臂：「快回家去，爹自個會回家的，不要你去尋。雨越落越大了，你看你的頭髮都淋濕了，快回家！」

冬子很不情願地被李紅棠拖回了家。李紅棠用布帕擦了擦弟弟的頭，又擦了擦自己的頭，自言自語地說了一句：「爹也是的，跑哪裡去了呀，還不歸家。」

冬子的目光癡癡地黏在了飯桌上，飯桌上的紅燒肉讓他垂涎欲滴。他真想撲過去，伸手抓起油光閃亮的紅燒肉往嘴巴裡塞。

游四娣端著一盤剛剛炒好的青菜從灶房裡走出來，埋怨道：「這個人也真是怪，平常很早就歸家，鬼叫著要吃飯，過節了反而不回來，被什麼鬼迷住了？」

李紅棠說：「媽姆，大過節的，說甚鬼呀，多不吉利。」

游四娣沒好氣地說：「一家人等他一個人，心多狠呀，看冬子都快餓死了！」

唐鎮鞭炮聲在雨中此起彼伏，冬子的心在顫抖：父親怎麼還不回家。唐鎮有個習俗，逢年過節，吃年夜飯和節夜飯前，都要放鞭炮。大家的鞭炮都放完了，只有冬子家還冷冷清清的，他們三人坐在飯桌前，大眼瞪小眼，焦慮地等待李慈林。

雨一直在下，沒有停的跡象。

唐鎮喜慶的節日氣氛被雨水打得七零八落。就是這樣，還是有許多人吃完節夜飯後，戴著斗笠披著蓑衣撐著紙傘到李家大宅外面去看戲。戲台就搭在李家大宅大門外的空坪邊上。戲台上面撐起了篷子，唱戲人淋不到雨。這天晚上唱的是《白蛇傳》。

戲緊鑼密鼓地開唱了，白娘子在戲台上一亮相，台下就發出一片潮水般的呼叫。呼叫聲穿過密集的雨，在黑如鍋底的空中迴盪。

李慈林還沒有回到家中。

冬子餓昏了，眼冒金星。李紅棠聽到了呼叫聲以及隨後傳來的咿咿呀呀唱戲的聲音。她的心已經飛到了唱戲的現場，可她不敢離開，她連飯也沒有吃，這可是中秋節的團圓飯。父親的遲遲不歸，給她的心中投下了陰影，感覺有什麼事情要發生。李紅棠見弟弟快挺不住了，趕緊對母親說：

「媽姆，讓冬子先吃點墊墊肚子吧，這樣下去，冬子會餓死的。」

游四娣其實也心疼兒子，可這規矩不能破呀，她咬了咬牙說：「再等等吧。」

李紅棠無語。

就在這時，門口闖進來一個乾瘦男子，戴著斗笠，手裡提著一個布袋子。他是李慈林的本家兄弟李騷牯。他直接走到廳子裡，把布袋子放在飯桌上，面無表情地對游四娣說：「嫂，這是慈林大哥吩咐我給你們送來的月餅。」

說完，他轉身就走。快出門時，他好像想起了什麼事情，轉過頭扔下一句話：「你們趕緊吃飯吧，慈林大哥不回來陪你們吃飯了！」

游四娣站起身，追出門，看著他消失在夜雨中。她想問她丈夫到底在哪裡，在幹什麼，可她話沒有出口，李騷牯就沒了蹤影，跑得比風還快。游四娣心中湧起一股淒涼，用粗糙的松樹皮般的手背擦了擦潮濕的眼睛，哽咽著對屋裡的兒女說：「你們把鞭炮拿出來放吧！放完我們吃飯！」

李紅棠用手捅了捅弟弟：「冬子，放鞭炮了！」

冬子無精打采地說：「你去吧。」

李紅棠嘆了口氣，拿著鞭炮走了出去。

李紅棠在家門口點燃了鞭炮。

鞭炮聲劈哩叭啦響起來，這聲音顯得單調和淒清，很難和嘩嘩啦啦的雨聲以及咿咿呀呀唱戲的聲音抗衡，很快地被夜色吞沒，一如那些野草般的生命，在那灰色的年月，被黑暗吞沒。

李紅棠快速地吃完飯，飛快地走了，她的心被唱戲的聲音吸引。游四娣慢條斯理地吃著飯，她吃飯從來都細嚼慢嚥，她在咀嚼飯菜時，也在咀嚼著李騷牯留下來的話。丈夫爲什麼連中秋節的團圓飯都不回家吃，他在做什麼詭祕的事情？他做的事情對他自己和這個家庭會有什麼影響？

冬子餓過了勁，吃了兩塊紅燒肉就沒有了胃口，這是連他自己也沒有料到的事情。姐姐去看戲，問他去不去，他搖了搖頭。他的心情突然變得十分糟糕。不要說看戲，就是讓他再吃一塊在平時稀罕得流口水的紅燒肉，也沒有一點興致了。他也沒有理會母親，獨自摸上小閣樓，躺在床上，閉上了疲倦的眼睛。空氣因爲下雨而潮濕，有許多看不見的微小如塵埃的水珠落在他的臉上，微涼而又滑膩。

窗外的雨停了。屋簷上的雨水還在不停滴落。那破空而來的唱戲聲在他心裡遙遠得不可企及，他不曉得爲什麼李公公要請戲班來給唐鎮人唱戲。冬子的腦海一片空白，安詳寧靜，和平常那個瘋玩的小男孩判若兩人。這一天，他都沒有和阿寶去玩，孤獨傷感地過完了期盼已久的中秋節。

不知躺了多久，紛沓的腳步聲和嘈雜的說話聲從小街上傳來。戲散場了，人們走在回家的路上，意猶未盡地談論著戲文的精彩和演戲人的美貌，也有人讚美李公公，說他是個善人，要是沒有他，這個中秋節的夜晚會是多麼的寂寥和無趣。

唐鎮人知道李公公是京城皇宮裡的太監，卻不清楚他爲什麼在年近七旬時會回到故鄉，而且帶回來很多金銀財寶，在興隆巷高價收購了十幾棟房子，拆除後，建了個偌大的李家大宅。

李公公剛剛回到唐鎮時，唐鎮人對他並沒有什麼好感，會用奇怪的目光瞟他，還會在他的背後指指點點。男人們湊在一起時說起李公公，臉上會呈現鄙夷的表情，說一些很難聽的怪話。女人們湊在一起，也會說些關於李公公的壞話，她們說著就會放肆地笑起來。

李公公在相當長一段時間裡，的確成了唐鎮人茶餘飯後的笑料，可他們從來沒有在李公公面前說什麼，無論如何，李公公在京城皇宮裡待過，見過世面，也有幾分威嚴。這場大戲唱完後，李公公在人們心目中有了改觀。其實，在他興建李家大宅的過程中，唐鎮人對他的看法就漸漸有了變化。興隆巷被他收購的十幾棟老房子中，有一棟老房子卻費盡了周折。那房子的主人死活就不賣，說是祖上留下來的基業，萬萬不能賣的。李公公讓唐鎮很多有頭有臉的人去遊說，都無濟於事。李公公放出話來，只要那房子的主人肯賣房子，提出任何條件他都答應。那人還是無動於衷。周邊的房子都拆掉了，只剩下那棟老房子獨自矗立在一片廢墟之中，看上去很不和諧。鎮上很多人說，多向李公公要點銀子，再找塊地建棟新房子，該有多好，那人怎麼就死腦筋，想不明白呢？某個晚上，風很大，那棟房子突然起了大火，大火在呼嘯的風中熊熊燃燒，無法撲滅。那家人燒死了兩人，活著的人驚恐萬狀，不久就離開了唐鎮，遠走他鄉。唐鎮人都知道，李公公給了那家人不少錢財，據說他們走時還十分滿意。人們感嘆，那人要是早把房子賣給李公公，就不會發生這場禍事了，也許那是天意。

小街很快就寂靜下來。

李紅棠回家後洗了洗腳，上了小閣樓。儘管她輕手輕腳上樓，樓梯和樓板還是發出吱吱嘎嘎的聲響，房子太老舊，像個風燭殘年的老者。冬子聽到了姐姐上樓的聲音，他沒有說話，眼睛緊閉。閣樓上有兩張床，一張是李紅棠的，一張是冬子的，冬子的床靠窗，李紅棠的床靠樓梯。

李紅棠上樓後輕輕地喚道：「冬子，冬子——」

冬子沒有回答姐姐。

李紅棠自言自語道：「睡得還真死，可惜了，冬子沒去看戲，多好的一場戲呀。」

她悄無聲息地脫掉外衣，上了床，鑽進了被窩裡。

她想自己晚上會做一個美好的夢，或者會在夢中碰到一個像許仙一樣的俊秀男子。冬子沉沉地睡去，每天晚上臨睡前，都要和姐姐說上一會話的，今晚卻沒有。

噩夢的確是從這個中秋節的晚上開始的。

唐鎮人不曾料到，到了下半夜，烏雲會褪去，滿月會出現在天空上。唐鎮寂靜得可怕，屋簷上漏落的雨水聲音變得那麼清晰有力，石頭般砸在未眠人的心上。慘白的月光塗在唐鎮上面，給破舊的唐鎮平添了幾分神祕和詭異。如果在這個時候，有人端盆水放在月光下，他把臉湊近木盆，看到的不是自己的臉，而是另外一個陌生人的臉。這是唐鎮的傳說，會不會有人敢在月亮出來後這樣做？

冬子感覺身上黏黏的。他睜開眼，一片暗紅的光裹住了他的身體，他竟然一絲不掛，赤身裸體。身上的衣服什麼時候被人剝光，他一無所知。冬子聞到濃郁的血腥味，讓人窒息的血腥味。他站起來，低頭看了看自己的身體，身上糊滿了暗紅的血漿，這是誰的血漿？他來不及思考什麼，就聽到一種不可抗拒的呼喚，那聲音尖銳而冰冷。冬子隱隱約約地感覺到那是一個人的叫喚，可他想不起來這個人是誰。他穿過一片黑暗，來到了唐鎮外面的唐溪邊上。唐溪籠罩在血光之中，溪水波濤洶湧。叫喚聲還在持續，彷彿從溪水裡傳出。冬子渾身顫抖，內心恐懼，波濤洶湧的大水令他恐懼，那尖銳冰冷的聲音也令他恐懼。更令冬子恐懼的是，剛才還渾黃的溪水突然變得血紅，唐溪裡咆哮的是滿溪的血水，溪水裡突然伸出許多血肉模糊的手，那些手發出尖銳冰冷的吶喊！冬子想逃，卻轉不過身，他被一雙無形的大手推托著，往溪裡踉踉蹌蹌地撲過去。溪水裡的一隻手抓住了他的腳，又一隻手抓住了他的另外一隻腳。他無聲地喊叫著，被強有力的手拖入冰冷刺骨的血水中。他在血河裡沉浮，掙扎……

冬子大汗淋漓地從床上坐起來，他經歷了一場噩夢。

窗外一片死寂。

絲絲縷縷的月光從窗門的縫隙中漏進來，像迷茫的霧氣。

姐姐李紅棠在沉睡，發出輕微的鼾聲。有股奇妙的香氣從她的鼾聲中如蘭地飄散出來。冬子驚恐地下了床，他要鑽進姐姐的被窩，姐姐的溫暖或許會驅散他心中的恐懼。

就在這時，他聽到了細微的腳步聲。

細微的腳步聲是從窗外碎石小街上傳來的。

是誰在小街上行走？冬子十分害怕，害怕中又有種強烈的好奇感，他悄悄地來到了窗邊，輕輕地打開了窗，他看到了慘白的月光，慘白的月光竟然灼傷了他的眼，眼睛一陣刺痛。

他的目光落在了小街上，看到了這樣一個情景：幾個鬼魅般的蒙面人抬著一捆長條形的東西往鎮西頭躡手躡腳地走去。那東西被席子包裹得嚴嚴實實，冬子不明白那是什麼東西，他腦海迅速地飄過一個字：人！那席子裡面包裹著的是人？如果是，這個人是誰？冬子發現那幾個蒙面人中，有個人的身材特別像自己的父親李慈林。在那幾個人經過窗下時，冬子聞到了一股血腥味，還發現那長條狀的東西裡突然散發出一縷黑霧，那股黑霧在月光中朝他撲過來，有如一股巨大的壓力把他推翻在地。

彷彿有人掐著他的脖子，他透不過氣來，兩手在空氣中胡亂地抓著什麼，兩腿使勁地亂蹬。他的喉嚨裡發出嘰嘰咕咕的聲音。這個時候，小街上的人已經消失了，窗外還是一片死寂。

李紅棠突然驚醒，她聽到了弟弟掙扎的聲音，趕緊下了床：「冬子，你怎麼啦，你怎麼啦，不要嚇我呀，冬子。」月光從洞開的窗透進來，打在冬子的臉上，冬子的臉一片慘白。冬子聽到姐姐的聲音後，渾身輕鬆起來，李紅棠把他扶起來，冬子撲在李紅棠的懷裡，雙手攀在李紅棠柔軟的雙肩上，淚水流了出來，顫抖地說：「阿姐，我怕——」

李紅棠摟住了弟弟，聲音裡充滿了慈愛：「阿弟，勿怕，阿姐在這裡，你甚也勿用怕！」

冬子嗚嗚地哭出了聲。

天蒙蒙亮時，李慈林回家。他一進家門，用力地把門關上，背靠在門板上，大口地喘著粗氣，滿頭滿臉淌著汗，他的衣服也濕透了，布滿血絲的眼睛裡閃爍著驚惶和憤怒的火焰。給他開門的游四娣見狀，來不及埋怨就焦慮地問：「慈林，發生什麼事情了？」

李慈林瘋狂地剝下自己身上的衣褲，一件件地扔在游四娣的身上，最後剩下一條寬大的底褲。那些衣物落在地上，游四娣呆了會，彎下腰，把他的衣服一件件撿起來，抱在懷裡。衣褲散發出濃郁的血腥味，游四娣覺得不妙，她的手在顫抖，喃喃地問：「慈林，到底發生什麼事情了？你說呀，我擔心哪！你要是有個三長兩短，我們這個家靠誰來支撐？」

李慈林鋪滿胸毛的胸膛劇烈地起伏著。他突然朝游四娣兇豹般低吼了一聲：「爛狗嬤，還不快把我的衣物洗了，囉唆什麼！老子死不了，天塌下來，有老子頂著，你瞎擔什麼心！」

游四娣十分委屈：「我難道問一句都不可以嗎？我是你的老婆呀！我擔心你難道有錯嗎，你怎麼不識好人心呢？」

李慈林眼睛裡冒著火，一個箭步衝上前，發瘋般抓住游四娣的頭，暴怒地掄開另外一隻手，在她的臉上狠命地抽打起來。這是游四娣萬萬沒有想到的事情，他怎麼能夠不分青紅皂白毒打自己的老婆呢？游四娣內心悲憤而又難過，她被打得眼冒金星，暈頭轉向，就是這樣，她的雙手還是緊緊地抱著李慈林脫下的衣褲。游四娣痛苦地嗷叫：「李慈林，你就打死我吧，我死了，你就有肉吃了！沒心肝的東西！」李慈林咬著牙說：「爛狗嫲，還敢頂嘴，老子今天就打死你！」游四娣的臉上又挨了一陣猛烈的抽打，她的臉很快就發糕般地腫起來，嘴角流下了一串鮮血，鮮血落在了李慈林的衣褲上。

閣樓上的李紅棠被樓下的響動驚醒了，趕緊搖醒了身邊酣睡的弟弟：「冬子，快醒醒！」被噩夢折磨了一個晚上的冬子，好不容易在姐姐的安撫下有了安全感安穩沉睡，沒想到又被姐姐折騰醒，不耐煩地說：「阿姐，你做甚呀，還讓不讓人睡了呀！」

李紅棠不安地說：「好像爹又在打媽姆了，剛才我聽到，現在怎麼沒有動靜了。」

冬子一聽父親打母親，馬上清醒過來，豎起耳朵聽了聽，壓低了聲音說：「阿姐，媽姆在哭。」

李紅棠納悶地說：「我怎麼沒有聽見。」

冬子說：「我的耳朵靈！」

李紅棠說：「阿弟，我們下樓去看看。」

冬子說：「好！」

他們下了床，朝樓下走去。李紅棠小心翼翼地下樓梯，還提醒弟弟不要踩空了腳滾下樓去。冬子沒有說話，跟在姐姐身後，雙手還牽著姐姐的衣尾。他們下樓後，聽到父母親的臥房裡突然傳出粗壯如牛的呼嚕聲，他們心裡都明白，那是父親李慈林的呼嚕聲。李紅棠常常想，以後嫁人一定不要嫁給打呼嚕的男人，她爲母親抱屈，母親多年來是如何忍耐父親的呼嚕聲的，更不用說他粗暴的脾氣和沉重的拳頭了。聽到父親的呼嚕聲，冬子的心臟一陣抽搐，他自然而然地想起了推開窗看到的情景，父親是不是那幾個鬼魅般蒙面人之中的一員，他心裡不敢肯定，但是那一幕讓他心悸。那些人究竟抬的是什麼東西？他們為什麼要那樣做？他們把那長條狀席子緊裹的東西抬到哪裡去了？冬子一無所知，那是巨大的謎團，如秋天的濃霧。他沒有把這事情告訴姐姐，這是他心中的祕密。父親什麼時候回家的，對他來說，也是一個謎，還有，他為什麼要毒打母親，同樣也是個謎。

父親真的是毒打了母親，姐弟倆走到天井邊時，他們得出了這個殘酷的結論。游四娣坐在天井邊的矮板凳上，雙手在洗衣盆裡搓著李慈林換下的髒衣服，眼淚在她又青又腫的臉上橫流。她見兒女站在自己身邊，就停止了抽泣。游四娣頭髮散亂，哽咽地說：「你們那麼早起來做甚，天還沒光呢。快回去睡吧！」

游四娣淒慘的模樣觸痛了姐弟倆柔軟的心。他們也流下了淚水，一人一邊蹲在母親的兩側，各自把頭靠在了母親的手臂上。李紅棠伸手摸了摸母親的臉，難過地說：「媽姆，疼嗎？」冬子什麼話也說不出來，一隻手緊緊地抓住母親的衣服，生怕她會突然離去，再也不回來了，因為母親以前被父親毒打後說過她不想活了要去死的話，冬子對母親的這些話記憶深刻。

游四娣苦笑著說：「孩子，媽姆不疼，真的不疼！」

母親的話刀子般割著姐弟倆的心。

他們找不到恰如其分的話語安慰母親。

他們的心和母親的心一樣，在黎明前的黑暗中淌血。

噩夢真的是從這個中秋節晚上開始的。

這是冬子一個人的噩夢？還是冬子一家人的噩夢？抑或是整個唐鎮的噩夢？這個中秋節的夜晚和即將到來的黎明，預兆著偏遠寧靜的唐鎮將要發生什麼無法想像的事情？

第二章

大霧。唐鎮人記憶中少有的大霧。冬子走在濕漉漉的小街上，兩步開外走過來的人也看不清其面目。他頎長的身子被神祕莫測的濃霧包裹，這個世界裡有多少他看不清的東西，或者危險與災禍在向他臨近？天亮後，姐姐在灶房裡做飯，母親在屋後的小院晾衣服，他鬼使神差地走出家門。冬子茫然地在濃霧彌漫的小街上走了一段後，一陣莫名其妙的恐懼感襲上心頭，於是就返回了家裡。霧從天井上空以及門扉裡湧進來，屋裡也變得灰蒙蒙的。

冬子來到灶房裡，姐姐在熬稀粥，她的臉紅撲撲的，宛如熟透的山果。冬子坐在灶膛前，不時地往灶堂裡添柴。他一聲不吭，李紅棠也一聲不吭。不一會，游四娣也進了灶房，平靜地對兒女說：「媽姆出去一下，等你們爹起床後，把他的早飯伺候好，你們不要惹他生氣。我走了，記住媽姆的話！」李紅棠點了點頭：「媽姆早點回來。」冬子站起來，想說什麼卻又說不出來，心裡異常不安。

游四娣用一塊藍色土布裹起自己的頭臉，匆匆走出了家門。冬子隨即跟了出去，看著母親一剎那間消失在濃霧之中，如夢如幻，他不敢相信這是眞實的事情。

濃霧中似乎埋藏著許多陷阱，可怕的陷阱，母親會不會掉進去？濃霧又像隱藏著一張巨大的嘴巴，將他母親吞噬。

冬子腦海一片茫然，他無法阻止母親的離開，無法改變命運的安排。他有生以來第一次感到自己是如此的軟弱無力。

大霧在晌午時分被陽光驅散。

溫煦的陽光照在唐鎭的屋頂上，蒸發出絲絲縷縷的水汽。冬子見到陽光，心裡爽朗了些，陽光的確是好東西，它能夠驅散詭異的濃霧，也能驅散人心中的陰霾。陽光出來後，冬子心癢癢起來，他想出去，不想待在家裡。李紅棠自個到田野裡去幹活了。父親李慈林還在臥房裡沉睡。冬子聽到他的呼嚕聲，心裡異常沉悶，他又想起了夜裡的情景。他心裡突然冒出了一個想法。這個想法更讓他急於要走出家門。

就在這時，李騷牯急匆匆地闖了進來。

他看到冬子，粗聲粗氣地問道：「冬子，你爹呢？」

冬子不喜歡這個本家叔叔，他老說長得眉清目秀的冬子像個女孩子，這話對冬子來說，是羞辱和蔑視。冬子從來沒有給過他好臉色，今天也不例外，他沒好氣地用手往父親的臥房指了指。李騷牯二話不說衝進了父親的臥房。不一會，李慈林和李騷牯出來了，匆匆而去。李騷牯走時，用手摸了冬子的頭一下，冬子覺得很不舒服。

冬子想，他們要幹什麼？

冬子也離開了家。

他來到阿寶家門口，朝裡面喊了聲：「阿寶——」

阿寶爹張發強是個木匠，他正在廳堂裡做水桶，聽到冬子的叫聲，說：「阿寶，冬子尋你去玩了，快去吧！」

阿寶答應了一聲從房間裡跑出來。

張發強對著他出門的背影說：「不要跑太遠了，早點歸家！」

他們倆勾肩搭背，沿著濕漉漉的小街，朝鎮西頭走去。阿寶說：「你要我和你去哪裡？」冬子有自己的想法，可他沒有把自己心中的想法告訴阿寶，只是這樣說：「你和我去了就知道了。」阿寶說：「你總是鬼頭鬼腦的，你不告訴我，我就不和你去了！」冬子說：「阿寶，你是不是我最好的朋友？」阿寶說：「當然啦。」冬子說：「那你就不要問那麼多了，和我去吧，求求你了。」阿寶眨了眨眼睛說：「好吧，就聽你這一回。」

他們走出了鎮子，來到了唐溪邊上。

因爲昨天的雨水，唐溪的水流渾黃，湍急，還發出低沉的咆哮。冬子心驚肉跳，想起了夜裡的噩夢。阿寶發現了他的驚恐：「冬子，你怎麼啦？」冬子不想告訴他那可怖的夢境。冬子說：「沒什麼，我們走吧。」

冬子的腳踏上了小木橋，往對岸走去。阿寶跟在他後面。小木橋顫悠悠的，他們都小心翼翼，阿寶膽子小點，走著走著便伸出手拉住了冬子的衣尾。其實，冬子也膽戰心驚，他心裡想著事，硬著頭皮過小木橋。他們走過了小木橋，阿寶目光迷離地問：「冬子，你要帶我去哪裡？」冬子說：「你跟著我走就可以了，到了你就知道了。」阿寶撓了撓頭說：「我爹要知道我跑那麼遠，會罵我的。」冬子說：「我不會告訴你爹，你爹不會知道的。」阿寶看了看田野裡稀稀落落勞動的人，說：「要是他們回去告訴我爹，怎麼辦？」冬子也看了看田野，陽光下的田野一片金黃，晚稻很快就要收成了。他說：「他們不會告訴你爹的，我們快走吧。」

他們穿過田野中間的一條小道，朝五公嶺走去。唐鎮四周的山嶺都被茂密的森林覆蓋，只有五公嶺上沒有幾棵樹，卻長滿了野草。這是個亂墳崗，就是陽光燦爛的時候，這裡也充滿了陰森的鬼氣。

他們的腳步剛剛踏上五公嶺，一股陰風吹過來，冬子打了個寒噤。阿寶的牙在打顫：「冬子，我們回去吧。要知道來五公嶺，打死我也不幹的！」冬子心裡也害怕極了，如果讓他一個人來，他也沒有這個膽量，叫阿寶一起來是爲了壯膽。他來五公嶺，就是爲了證明自己的一個猜想。冬子說：「阿寶，勿怕，我們手拉著手。」冬子伸出了手，阿寶也伸出了手，他們的手拉在一起，相互感受到了對方手掌的冰涼。

他們走進了荒草萋萋的五公嶺亂墳場。

有死鬼鳥勾魂的叫聲從不遠處傳來，給五公嶺平添了幾分恐怖。他們深一腳淺一腳地在草叢中慢慢走著，不時出現在他們眼裡的沒有墓碑的野墳，用沉默告訴這兩個孩子死亡的蒼涼。

冬子的目光在野草叢中巡視，他怎麼也發現不了新的墳包，他和阿寶走遍了五公嶺，也沒有發現動過土的地方。他想，難道自己錯了？夜裡那幾個蒙面人抬走的眞的不是死人？冬子認爲那是個死人，神祕的死人。他沒有把夜裡做的夢和自己的想法告訴阿寶，那是他心底的祕密。

冬子身上越來越冷，他只要顫抖一下，全身就會掉落一地的雞皮疙瘩。

阿寶早已面如土色，呼吸困難。他的手死死地拉住冬子的手，生怕荒草叢中會伸出一雙黑色的鬼手，把他拉進深深的墓穴。他們的手都濕了，是因爲驚嚇而滲出的冷汗。阿寶顫抖著說：「冬子，我們回去吧。」

冬子點了點頭：「好吧，回去。」

當冬子決定回去時，他發現找不到出去的路了。他們在草叢裡鑽來鑽去，就是無法走下五公嶺，而且老是在一片蒿草叢中打轉，蒿草比他們的人還高，他們看不到唐鎮，看不到嶺下的田野和溪流，頭頂豔陽高照的天空突然烏雲密布，陰冷的風從四面八方颳過來，把他們身體緊緊地裹起來。風中彷彿有人在悲戚地喊叫。阿寶哭了出來。冬子還是緊緊拉住阿寶的手，他想讓阿寶別哭，可他自己的眼淚也禁不住流淌下來。他們一起哭起來，哭聲越來越響，和嗚咽的風聲以及那悲戚的喊叫混合在一起，在五公嶺上的低空回響。

不知過了多久，他們聽到有人在呼喚他們的名字。

「冬子，阿寶，你們在哪裡——」

冬子從痛哭中清醒過來，他豎起了耳朵，仔細聽了聽，然後驚喜地對還在號啕大哭的阿寶說：「阿寶，你莫哭了，你聽到了嗎，是阿姐在喚我們！」阿寶停住了哭聲，上氣不接下氣地說：「沒有聽到，我沒有聽到。」冬子抹了一把眼淚，又仔細聽了聽，說：「阿寶，眞的是阿姐在喚我們，你聽，是阿姐在喚我們。」阿寶的臉上也呈現出驚喜，「是的，是你阿姐的喊聲，她眞的在喚我們。我們有救了，冬子，我們有救了。」

冬子馬上大聲喊道：「阿姐，我們在這裡——」

阿寶也喊叫道：「阿姐，我們在這裡——」

他們聲嘶力竭地喊著。

喊著喊著，天上的烏雲漸漸散去，陰冷的風也漸漸停止，連同風聲中悲戚的喊叫也漸漸消失。

天上陽光重現時，他們看到了李紅棠出現在蒿草叢中。

李紅棠在田裡勞作時，有人過來對她說，冬子和阿寶跑五公嶺去了，他們的神情十分古怪。她聽完後，心裡驚惶極了。五公嶺那地方，平常時，就是大人也很少去的，那是唐鎮最邪門的地方。有些人莫名其妙去了那地方，就猶如惡鬼纏身，不是得場大病就是奇怪暴死。李紅棠馬上扔下手中的活計，朝五公嶺狂奔而去。要不是李紅棠及時把他們找回家，他們眞不知道會發生什麼事情。

在回家的路上，阿寶央求李紅棠：「阿姐，你千萬不要告訴我爹，我去了五公嶺，他要知道了，會打死我的。」

李紅棠摸了摸他的頭說：「放心吧，阿姐不會告你狀的，不過，你們以後再也不能去那地方了。」

阿寶點了點頭：「我再不會去了，冬子怎麼說，我也不會和他去五公嶺了。」

李紅棠和冬子回到家裡，已經是正午時分了。

家裡冷冷清清，父親和母親都不在家。父親李慈林不在家是正常的事情，可是母親游四娣竟然沒有在家。她在早上出門消失在濃霧中後，就沒有回家。李紅棠感覺到了不妙，焦慮地對冬子說：「媽姆會不會去死？」李紅棠

「媽姆會到哪裡去呢？」冬子腦海裡閃過一絲陰暗的念頭，輕聲說：

看到了冬子眼中的淚光：「爲什麼，冬子，你爲什麼這樣說，媽姆不會死的，不會的！她捨不得我們的，她不會拋下我們的！」冬子說：「上回，爹喝醉酒打了媽姆，我聽見媽姆哭著說，她不想活了，她說活著不如死了。」

李紅棠聽完冬子的話，呆呆地凝視著他，不知如何是好。

過了好大一會，李紅棠才說：「我們趕快去尋媽姆！你去尋爹，告訴他媽姆不見了。我去姑娘潭那邊尋尋。」

她話還沒有說完，就火燒火燎地走了。

冬子腦袋瓜裡一片混亂，許多許多事情讓他理不清頭緒。夜裡那個噩夢……那些蒙面人抬的東西……那個身材和父親一樣的蒙面人……父親爲什麼回家後要暴打母親……母親會怎麼樣……冬子帶著滿腦子的問題在唐鎮的小街上行走，父親又在哪裡？他記得是討厭的李騷牯把父親叫走的，父親一定是和李騷牯在一起。李騷牯的家在碓米巷裡，經過巷口那個碓米房時，冬子看到唐鎮的侏儒上官文慶獨自坐在碓丘邊上，微笑地望著冬子。

在冬子的印象中，上官文慶總是一副微笑的模樣。冬子知道他二十多歲了，除了那顆碩大的腦袋，其他地方就像永遠長不大的三歲孩童一般，小身子小胳膊小腿。上官文慶的父親上官清秋是唐鎮的鐵匠，唐鎮人極少看到上官文慶出現在小街上的鐵匠鋪子裡，卻可以在鐵匠鋪子外的任何地方碰到他，他彷彿就是唐鎮的精靈，一個無關緊要而又無處不在的精靈。

上官文慶微笑地對冬子說：「冬子，你是不是要去李騷牯家尋你爹？」

冬子點了點頭：「你怎麼知道？」

上官文慶還是微笑地說：「我當然知道，冬子，你爹不在李騷牯家，他們在李公公家的大宅裡。」

冬子迷惑地問：「他們在李公公家做什麼？」

上官文慶微笑著站起來，走出了碓米房，一搖三晃地走了。看著他的背影，冬子擔心上官文慶的大腦袋會把他的身體壓垮。冬子相信了上官文慶的話，這個唐鎮唯一的侏儒似乎從來沒有說過假話。

冬子站在李家大宅高大堂皇的門樓前面，門樓兩邊擺著兩個巨大的怒目圓睜張牙舞爪的石獅子，壓迫著冬子的神經，他不敢邁上石台階。正午的陽光垂直照射在冬子的頭頂，他的前額滲出了細密的汗珠。冬子的情緒十分緊張，對於那個突然從京城回到唐鎮的太監李公公，他心裡有種說不出的恐懼。第一次見到李公公，是在唐鎮的街上。冬子看著穿著一身白色長袍的李公公迎面走來。李公公個子很高，腰卻微微彎著，高高地仰起頭，似乎有意讓唐鎮人看清他那張與眾不同的臉，他的臉很白，很嫩，孩童般的皮膚，卻散發出冷冷的光，像寒夜的月光下白色的鵝卵石；他的眼睛深不可測，如兩口古井，幽暗陰森。李公公白髮編織成的長辮子垂在身前，兩隻手不時地把玩。李公公身上有種神祕的力量在壓迫著冬子，他想轉身逃跑，可是來不及了。李公公已經站在了他面前，他把手中的長辮子甩在了身後，俯下身，一手抓住了冬子的肩膀。李公公的手柔軟而有力，他用女人的聲音對冬子說：「好秀美的男孩！」冬子從他身上聞到一股怪異的氣味，他一把掙脫了李公公的手，轉身飛快地走了。他聽到李公公在他身後陰陽怪氣地說：「我會抓住你的——」

冬子想起了李公公那句陰陽怪氣的話，渾身顫抖了一下。

他還想起一件事情。就是在那幢老房子被大火燒毀後的某個黃昏，冬子獨自來到那老房子的廢墟前，突然聽到那堵殘牆的後面，有個女人在說話。冬子的心提了起來，手心捏著一把冷汗。他想，這裡馬上就要建李家大宅了，誰會在這裡說話呢？難道是那被大火燒死的女人的鬼魂在獨語？冬子渾身冰冷，不敢往下想了，他想逃，可又想看個究竟。他輕手輕腳地摸過去，從燒焦的殘牆的縫隙間，看到身穿白色長袍的李公公披頭散髮地站在那裡，張牙舞爪，說著冬子聽不懂的話。冬子異常吃驚，轉身就跑。他聽到身後傳來一陣詭異的笑聲，忍不住回頭看了一眼，李公公站在那裡，面對著他，怪笑著，像個可怕的瘋子，而又是那麼邪惡……

他想逃離這個地方，可母親現在不知是死是活，他必須找到父親，和他一起去尋找在濃霧中消失的母親。

冬子不顧一切地在李家大宅外面喊起來：「爹——」

冬子聲嘶力竭的喊叫引出了一個人。他就是李騷牯，李騷牯的眼睛紅紅的，他走到冬子面前，冬子聞到了濃郁的酒臭。李騷牯說：「冬子，你鬼叫什麼？快歸家去。」

冬子大聲說：「李騷牯，你快把我爹叫出來，我媽姆不見了！」

李騷牯瞪大了眼睛：「你說什麼？你媽姆不見了？」

冬子說：「我媽姆眞的不見了，你趕快叫我爹出來。」

李騷牯愣了一下，然後踉踉蹌蹌地跑了進去。

冬子等了好大一會，父親李慈林還是沒有出來。他等出來的還是那個討厭的酒氣薰天的李騷牯。李騷牯對冬子說：「冬子，你歸家去吧，你媽姆不會丟的，她會歸家的，你在家裡等，她一定會回來的。你爹現在有要緊事，顧不了你媽姆的事情，你快走吧！」

冬子又難過又絕望。

他又大聲喊道：「爹——」

李騷牯說：「你叫破了喉嚨也沒有用的，快走吧！」

冬子叫了一會後，接受了這個殘酷的現實，父親李慈林是鐵了心不理他了，他只好悲傷地離去，眼中含著滾燙的淚水。

李紅棠來到了姑娘潭邊上。唐溪在一座小山下拐了個彎，留下了一個深潭，這就是姑娘潭。平時，姑娘潭水發黑，看不到底。現在，姑娘潭水是渾黃的，同樣也看不到底。

這個深潭原來不叫姑娘潭，因爲經常有輕生的女子跳進去，久而久之，唐鎮人就稱之爲姑娘潭。

李紅棠面對渾黃的潭水，不知如何是好。母親會不會葬身深潭，她無法判斷。岸邊沒有任何跡像表明母親來過這裡，甚至連母親的腳印也沒有留在泥地裡，李紅棠想，母親到底在哪裡？她心裡還存著希望，母親不會死的，她不會就這樣撒手而去，留下自己的兒女的。

姑娘潭水打著漩渦，嗚咽著，李紅棠彷彿聽到了母親的抽泣。

李紅棠突然對著姑娘潭喊道：「媽姆——」

無論她怎麼喊，都沒有人答應她。

李紅棠喊著喊著，內心湧起了一股仇恨，那是對父親李慈林的仇恨。如果不是父親虐待母親，母親也不會莫名其妙消失，她找遍了唐鎮的任何一個角落也找不到母親的蹤影，整個唐鎮的人都不知道母親的去向。

李紅棠想到了舅舅游秤砣。

母親會不會回娘家去找舅舅游秤砣呢？李紅棠心裡明白，母親和舅舅的感情很好，有什麼事情都會找他商量。

李紅棠想到舅舅，心裡稍微安穩了些。

她要去游屋村找舅舅。

唐鎮人沉浸在快樂的氣氛之中，他們不像冬子那樣內心充滿恐懼。因爲他們獲知了一個消息，今天晚上還有戲唱，不光是今天晚上，李公公要請唐鎮人看一個月的大戲，這一個月裡，無論颱風下雨，每天晚上都要保證讓唐鎮人看上一齣精彩的好戲。這對寂寞的唐鎮人而言，是天大的喜事。李公彷彿一夜之間，就在唐鎮深得人心。就在與世隔絕的唐鎮人爲了看上大戲興奮不已的時候，他們不知道外面的世界正在動盪不安，義和團在京城裡鬧得熱火朝天。

游秤砣走進了唐鎮，他穿著草鞋的大腳板沉重地砸在鵝卵石街面上，唐鎮人感覺到了震顫。游秤砣和李慈林都是聞名唐鎮方圓幾十里山區的武師，他們還是師兄弟。渾身殺氣的游秤砣引起了快樂的唐鎮人的不安，他行走在小街上，人們都用古怪的目光看著他。此時，他就是一個和唐鎮人格格不入的異類，唐鎮人只需要簡單的一場戲就可以打發的快樂，而不是濃重的殺氣。游秤砣進入唐鎮，人們感覺到有什麼事情要發生。他的身後漸漸地若即若離地跟著一些人，那是些看熱鬧的人。

李紅棠也跟在他的身後，心裡七上八下的，擔心舅舅會把父親殺了，她心裡雖然恨父親，可並不希望他死。她到游屋村找到了正在家門口空地上劈柴的游秤砣，游秤砣看到李紅棠，停下手中的活計，笑著說：「呵呵，今天是什麼風把紅棠吹來了。」游秤砣的嗓子沙啞，但中氣十足，他的嗓子一直這樣，據說在小時候生過一場大病後，嗓子就沙啞了，再也沒有好過。李紅棠沒有像往常一樣見到舅舅就高興，陰沉著秀美的臉說：「舅舅，媽姆來過嗎？」游秤砣搖了搖頭，「沒有呀，你媽姆怎麼啦？」李紅棠確定母親不在舅舅家，那顆心又陷入了黑暗的深淵。她的眼淚湧出了眼眶。游秤砣見狀，心提到了嗓子眼，「紅棠，你莫哭，你告訴舅舅，到底發生什麼事情了？」李紅棠一五一十地把事情的經過告訴了游秤砣。游秤砣聽完李紅棠的哭訴，牙咬得嘎嘎響：「李慈林，狗屌的！畜生！」然後氣呼呼地朝唐鎮奔去。

游秤砣來到了興隆巷李家大宅門口。

李家大宅的大門洞開。

游秤砣猶豫了一下，就闖了進去。

李家大宅門口不一會就聚集了不少人，像看戲一樣。

李家大宅裡面空蕩蕩的，游秤砣找了幾個廳堂也沒有看到人影。這麼大的一個宅子裡難道一個人也沒有？游秤砣聽冬子說，李慈林在這裡的。就是李慈林不在，那個老太監李公公總歸在吧！他站在一個大廳的中央，沙啞著嗓子吼道：「狗屌的李慈林，你給老子滾出來！」

他的話音剛落，一個女裡女氣的聲音陰惻惻地飄過來：「你是什麼人哪，敢闖進我的家裡喧譁！」

這聲音像是從陰曹地府裡飄出來的，渾身是膽的山裡漢子游秤砣皮膚上的寒毛也豎了起來。大廳左側一根巨大的紅漆包裹的柱子後面，飄出條白影。游秤砣定睛一看，這是一個白髮白辮子白臉白袍的老者，他仰著頭，手上把玩著那根長長的辮子，目光凌厲，陰氣逼人地朝游秤砣走過來。

游秤砣心裡一驚，難道這就是傳說中的李公公？他沒有見過李公公，只是聽鄉親們說過，他已經不記得自己多長時間沒有踏進唐鎮的小街了。他是個與世無爭的人，過著平淡的日子。要不是妹妹游四娣的事情讓他憤怒，他是不會到唐鎮來的。游秤砣捏緊了拳頭，目光警覺，耳朵也豎起來，分辨著有什麼聲音會從某個陰暗角落裡飛出來。

李公公又冷冷地說：「你到底是什麼人？」

游秤砣發出低沉又沙啞的聲音，「行不改名，坐不改姓，我是游屋村的游秤砣！」

李公公的目光審視著他，冷笑了一聲，「你就是大名鼎鼎的游秤砣，請問，有何貴幹？」

游秤砣提防著環顧了一下四周，咬了咬牙說：「聽說李慈林那狗東西在你這裡？」

李公公說：「你有沒有搞錯，李慈林怎麼會在我這裡。」

游秤砣說：「我沒有搞錯，李慈林的確在你這裡，你還是叫他出來吧，我有事情尋他！」

李公公提高了聲音，「你在唐鎮這地方也是有名望的人，你如此不講道理！這是我家，他在不在這裡，你難道比我清楚？你要是不相信我的話，你可以搜，但有個問題，要是搜不出人來，你私自闖入我的宅子，算什麼呢？你一個堂堂的武師，跑到我這樣一個風燭殘年的老頭子家裡耀武揚威，不是恃強凌弱嗎？說出去，你的臉上有光嗎？」

游秤砣心裡盤算，自己今天在李家大宅裡是鐵定找不到李慈林的了，他氣呼呼地說：「李公公，你去打聽打聽，我游秤砣這一生，有沒有欺負過一個弱者？好吧，既然你說他不在你這裡，我走！有句話想讓你轉告那豬狗不如的東西，是條漢子的話，就趕緊歸家，我在他家裡等著他！」

游秤砣說完，轉身朝門外走去。

李公公在他身後冷冷地說：「一路好走！」

游秤砣帶著李紅棠和冬子，又在鎮裡鎮外找了一遍，特別是幾個經常有人尋短見自殺的地方，沒有發現游四娣的蹤影，游四娣究竟會到哪裡去了呢？他們百思不得其解。

傍晚時分，游秤砣才帶著他們回到他們的家中。游秤砣吩咐李紅棠去做飯，說吃完飯再想辦法。李紅棠在灶房裡燒飯時，游秤砣在廳堂裡和冬子說著話。游秤砣希望從冬子的嘴裡得到更多情況，這樣對他的判斷有好處。游秤砣平常對他們姐弟倆親如己出，他們有什麼心裡話都會毫無保留地掏出來，說給游秤砣聽。剛開始，冬子還不想把夜裡發生的事情告訴舅舅，在游秤砣的誘導下，冬子把一切都告訴了他。

游秤砣聽得心驚肉跳。

他沙啞著嗓子問：「冬子，你說的是眞的？」

冬子認眞地說：「舅舅，我說的全是眞的，如果有半點假話，舅舅可以打死我。」

游秤砣感覺到了唐鎮隱藏著一個巨大的陰謀，而自己的妹夫即師弟李慈林就是這場陰謀的主要人物，但是他不能確定李慈林是主謀還是幫兇。他伸出蒲扇般的大手摸了摸冬子的頭，語重心長地說：「冬子，你知道的這些事情不要和任何人說，明白嗎，連你爹和姐姐也不能說！」

冬子迷惘地問：「爲什麼？」

游秤砣說：「你不要問爲什麼，你聽舅舅的話，不要和任何人說！」

冬子點了點頭，「好吧，我聽舅舅的，誰也不說。」

游秤砣不想讓冬子捲進這場陰謀之中，那樣十分危險。他心裡還是很擔心，世事難料，什麼兇險的事情都有可能降臨在任何一個無辜的人頭上，誰也不能例外。他也知道，自己雖然武藝高強，可也不是能夠包打天下，誰都有無奈的時候。

他也隱隱約約感覺到了自身的危險。

夜色降臨，皓月當空。

吃完晚飯，游秤砣他們還是沒有等到游四娣回家，她離開家已經整整一天了。接下來的每寸時光對他們來說，都是痛苦的煎熬。李紅棠畢竟是姑娘家家，不時地抹著眼睛。見姐姐哭，冬子也忍不住落淚。游秤砣安慰著他們，「紅棠，冬子，你們莫哭，莫悲傷，你們媽姆不會有事的，她一定會回來的。」可他怎麼安慰都沒有用，姐弟倆還是十分悲戚。

李慈林竟然也沒有回家。

游秤砣怎麼也想不到，他會如此狠心。李慈林從前不是這樣的，在游秤砣的記憶中，年輕時的李慈林是個重感情又正直的人。要不，游秤砣的父親也不會收他為徒。游老武師一生僅收了兩個徒弟，一個是兒子游秤砣，一個是李慈林。李慈林的父母親死得早，很小的時候就成了孤兒。李慈林從小就在地主王富貴家當長工。王富貴心地善良，寬厚地對待李慈林，從來不為難李慈林。李慈林九歲那年，王富貴家落難，彷彿一夜之間一貧如洗，就是這樣，他也沒有放棄李慈林，表示只要他還有一口飯吃，就會分給他半口。可不久，王富貴積老成疾，一命嗚呼，李慈林在他的墳頭哭了三天三夜，比他的兒子還悲傷。就是這三天三夜的哭墳，游秤砣的父親看上了他，並且把他領回了家，游老武師認為李慈林是個有情有義的人。的確，年輕時的李慈林是條漢子，某天，一個和游老武師有宿怨的外鄉武師來游屋村尋仇。游老武師沒有讓兒子和李慈林動手，而是自己和來人較量，來者氣勢洶洶，很快地占了上風，眼看來者手中的鋼刀就要插進游老武師胸膛，李慈林飛身而出，替游老武師擋了那致命的一刀。游老武師敗了，他在來者面前認輸。來者也是性情中人，見李慈林傷重，就用自己帶來的金槍藥治好了他的傷，否則他有生命之憂。來者臨走時，還對游老武師說：「你徒弟仁義呀，功夫再好，不仁不義也是枉然！」李慈林和師父親如父子，和游秤砣親如兄弟，就那樣，在他長大成人後，游家把游四娣嫁給了李慈林……人心似海哪！僅僅幾年工夫，游老武師屍骨未寒，李慈林就變了一個人！他和游家也越來越疏遠。游秤砣想不明白，為什麼會這樣。

游秤砣在李紅棠姐弟倆的哭泣中，也傷感起來，他越傷感，心中的那團怒火燃燒得越旺。如果這個時候李慈林回家，游秤砣會活劈了他。就在這時，游秤砣聽到了鼓樂聲。李紅棠清楚，李家大宅門外的大戲又開唱了。果然，不一會就傳來了咿咿呀呀唱戲的聲音。唱戲的聲音對李紅棠一點吸引力也沒有了，那在舞台上揮著水袖的美麗戲子以及她們清麗婉轉的唱腔，還有戲文中那悲歡離合的故事，已經和她沒有一點關係了，李紅棠心中只有母親游四娣。

戲散場了，街上傳來人們回家紛沓的腳步聲和嘈雜的說話聲。他們多麼希望家門口響起敲門聲，或者聽到游四娣的叫門聲。腳步聲和人聲消失之後，唐鎮又陷入了沉寂，他們的希望一次一次地落空。

冬子突然打破了沉默，「舅舅，今夜你不會離開我們吧？」

游秤砣嘆了口氣說：「冬子，舅舅不走了，不要怕，舅舅陪著你們！」

李紅棠發現冬子說話間，神情疲憊，上眼皮和下眼皮要黏在一起，知道他睏了，堅持不下去了，就說：「冬子，你先上樓睡吧，等媽姆回來，我會叫醒你的，好嗎？」

冬子沒有說話。

游秤砣也說：「冬子，安心去睡吧，不要擔心，你媽姆一定會回來的。我們在這裡等著。」

冬子站起了身，什麼話也沒說，獨自朝閣樓上走去。冬子爬上閣樓，衣服也沒脫就倒在床上，酣酣睡去。

游秤砣說：「紅棠，你也去睡吧。」

李紅棠搖了搖頭，「舅舅，我陪你。」

游秤砣說：「多好的一個家呀，怎麼就弄成這個樣子！」

李紅棠低下了頭，「爹這些日子總是不歸家，一回來就和媽姆吵口，動不動就打媽姆，以前，爹不是這樣的。爹是不是瘋了？」

游秤砣咬咬牙說：「我看他是瘋了！」

突然，他們聽到了敲門聲。

游秤砣和李紅棠幾乎同時站起來，他們四目相視，相互的目光焦慮而又充滿了渴望，還有些驚訝。

難道是游四娣回來了？

他們怔怔地站著，誰也沒有說話，好像在等待著什麼，又感覺敲門聲那麼的不真實，幻覺一般。敲門聲又響起來，而且變得急促。李紅棠控制不住自己了，敲門聲是真實的，也許真的是母親回來了。她正要衝出去開門，突然聽到門外傳來暴躁的聲音，「快給老子開門！」

李紅棠又怔住了，一盆冰冷的水從頭澆下來，希望又破滅了，她希望聽到的是母親的聲音，而不是父親。

游秤砣聽到李慈林的聲音，眼睛裡頓時冒出了火。

李紅棠看到舅舅眼中燃燒的火，她恐懼極了，害怕舅舅眼中的火會把父親燒焦。李紅棠突然朝游秤砣跪下，哭著說：「舅舅，我求你了，你莫要和爹打架，求求你了！」

游秤砣一把拉起了她，「紅棠，不關你的事，這是我和你爹之間的事情。」

李紅棠抓住了他的衣服，哭喊道：「舅舅，你答應我，答應我！」

游秤砣無奈地點了點頭，渾身顫抖。

李紅棠這才去開了門。

李慈林一手抱著個酒罈子，一手提著個布袋子。他粗聲粗氣地說：「敲了半天門才開，還以爲人都死光了！」

李紅棠躲到了一邊，父親身上散發出的酒氣薰得她直皺眉頭，母親都不見了，他還有心情喝酒。游秤砣惡狠狠地瞪著他，恨不得把他的心掏出來，他站在那裡渾身發抖，努力控制自己的怒火。要不是答應了李紅棠，他早就衝上去打李慈林了。

渾身酒氣的李慈林並沒有醉，顯得十分清醒。他把酒罈子和布袋子放在了桌上，冷冷地對游秤砣說：「師兄，坐吧！」游秤砣沙啞著嗓子說：「誰是你的師兄！」李慈林咧了咧嘴，不知是笑還是尷尬，「打斷骨頭連著筋，你就是不認我這個師弟，你還是我的師兄。坐下吧，有什麼話坐下來說，我曉得你在找我。」游秤砣的目光落在一旁戰戰兢兢的李紅棠臉上，「紅棠，你上樓睡覺去吧，我和你爹說話！」李紅棠站著不動，眼淚汪汪的眸子裡充滿了驚惶。游秤砣苦澀地笑了笑，「紅棠，你安心去睡吧，我答應過你的！」

李紅棠這才一步一回頭地上了閣樓。

她怎麼能夠安睡？她坐在床沿上，豎起耳朵聽著樓下的動靜。

李紅棠一上樓，游秤砣閃電般伸出手，用鷹爪般的手指鎖住了李慈林的喉。李慈林沒有任何反抗，隨著游秤砣手上力氣的增加，李慈林雙手痙攣，滿是鬍茬的臉脹成了豬肝色，本來就暴突的眼珠子更突兀出來，喉管發出嘎嘎的脆響。游秤砣咬著牙，他只要再使點勁，李慈林就會命喪黃泉。

游秤砣還是鬆了手，李慈林長長地憋出了一口氣，頹然地坐在板凳上。

李慈林臉上露出了比哭還難看的笑容，「我曉得你下不了手殺我的！」

游秤砣說：「要是四娣有個三長兩短，我定饒不了你！」

李慈林緩過一口氣，站起身，進了灶房。他拿出了兩個大海碗，一個放在游秤砣面前，一個放在自己面前。游秤砣坐了下來，冷冷地看著他，「我不會和你喝酒的！」李慈林沒有理會他，打開了那個酒罈子，一股奇異的酒香散發出來。他抽了抽鼻子，往游秤砣面前的碗裡倒上了滿滿的一碗酒，也往自己面前的碗裡倒上了滿滿的一碗酒。酒的奇異香味毒蛇般遊進了游秤砣的鼻孔，他忍不住也抽動了鼻子。這是讓他無法控制的酒香，他一生也沒有聞過如此的酒香。酒香毒蛇般迷惑了游秤砣的靈魂，他使勁地吞了口口水，目光貪婪地落在了碗中的酒上。

李慈林輕輕地說了聲什麼，像是咒語。

游秤砣低吼了一聲，不顧一切地端起了那碗酒，送到嘴邊，一仰脖子把酒灌進了喉嚨。

游秤砣把碗放回了桌上，李慈林又給他滿上。游秤砣又端起碗，一飲而盡。李慈林在給他倒滿第三碗酒後，打開了那個布袋子，從裡面倒出了幾個滷好的豬蹄子，說：「吃吧，師兄，我曉得你最喜歡吃滷豬腳！」游秤砣喝完第三碗酒後，順手抓起了一個豬蹄子，大口地啃了起來。

李慈林的臉上浮現出詭祕的笑容。

游秤砣沙啞著嗓子說：「好酒哇！好酒！我該走了，是該走了！」他的目光迷幻，也許已經忘記了妹妹游四娣失蹤之事，忘記了許多他應該記起的事情。李紅棠聽到舅舅說要走，不知道他們在底下達成了什麼協議，趕緊下來送他。等李紅棠下樓，游秤砣已經走了。

李紅棠說：「爹，舅舅怎麼走了呢？」

李慈林瞪了她一眼，「你難道想讓他留下來殺了我？」

李紅棠搖了搖頭說：「不，不——」

李慈林冷冷地說：「我看就是！你們這些養不熟的狗！老子上輩子是欠了你們的！還不滾上樓去睡覺！」

李紅棠轉身往樓上走。

李慈林突然問了一句，「你們眞不知道你媽姆到哪裡去了？」

李紅棠回過頭說：「眞的不知道！」

李慈林長嘆了一聲，揮了揮手，「去吧，去吧！」

游秤砣在這個深夜，踉踉蹌蹌地走出了李慈林的家門，消失在如銀的月光之中。

第三章

游四娣眞的失蹤了，那個濃霧的早晨連同游四娣模糊的背影，成了冬子災難般的記憶。游四娣失蹤後，冬子變得沉默寡言，就連他的好朋友阿寶和他說話也愛理不理，更不用說和他去玩了。冬子的悲傷感染了阿寶，他也異常難過，常常躲在某個角落裡，偷偷地望著坐在家門口矮板凳上的冬子，他覺得有雙無形的手在分開他們，這是十分殘忍的事情，阿寶黯然神傷。

李紅棠和冬子不一樣，她每天都出去找母親。唐鎭周邊的每一座山，每一條溝，她都要踏遍，不找到母親，她是不會罷休的。白天她出去尋找母親，晚上就陪著沉默寡言的弟弟，內心無限悲涼，每天晚上唱戲的聲音，成了遙遠的背景，從那以後，李紅棠就再也沒有去看過戲了。

在尋找母親的路途中，李紅棠會想起一些事情。有些事情是舅舅游秤砣講給她聽的，有的事情是她親身經歷過的，那些事情都和母親有關，和她有關。李慈林在游四娣懷孕後，去找算命先生掐了掐，算命先生告訴他，游四娣肚子裡是個男孩。李慈林十分欣喜，逢人便說，他有兒子了。從結婚的那天起，他就希望自己有兒子，很多的兒子。游四娣臨盆的那天，李慈林焦慮地在房間門口等待著兒子的降生，聽到游四娣痛苦的喊叫，他的內心也在吶喊，他想幫妻子的忙，可無能爲力。當嬰兒的哭聲傳來，李慈林激動地狂吼了一聲。接生婆出來後，他趕緊問：「是男還是女？」接生婆面無表情地說：「你自己進去看了就知道了。」說完，接生婆匆匆而去。李慈林進入了房間，發現是個女嬰，一口氣差點背過去。他緩過神來，瘋了般從游四娣的懷抱裡搶過安詳的女嬰。游四娣感覺到了不妙，大聲說：「你要幹什麼——」李慈林陰沉著臉，目露兇光：「我要把她塞到馬桶裡，溺死她！我要的是兒子，不是女兒！不是！」游四娣渾身顫抖，「你瘋了，瘋了，她也是你的親骨肉啊——」李慈林無語，抱著女嬰的手在顫抖，他默默地轉過身，朝房間角落的馬桶一步一步地走過去。虛弱的游四娣知道他什麼事情都做得出來，便不顧一切地滚下了床，朝李慈林撲了過去，雙手死死地抱住他的腿，泣聲說：「慈林，求求你，放女崽一條生路吧！求求你了，慈林，我答應你，給你生兒子，生一群兒子！你放女崽一條生路吧！」李慈林一腳摞開了她，走到馬桶前。正當李慈林要把哇哇大哭的女嬰往馬桶裡塞時，游四娣操起了一把剪刀，對著自己的喉嚨，她厲聲說：「李慈林，你要是敢溺死我們的女崽，我今天就死在你面前！」李慈林回過頭，看到剪刀尖已經刺進了她的皮膚，血流下來。游四娣是那麼的決絕！刹那間，李慈林的心被擊中了，他無聲地走到床前，把女嬰放在了床上，長嘆了一聲，無奈地走出了房間。游四娣抱起女兒，喃喃地說：「女崽，莫怕，莫怕，誰也不能從我手上把你奪走，你是媽姆的心頭肉！只要媽姆活著，就不會讓任何人傷害你的性命！你和媽姆心連著心！」

這是舅舅對李紅棠講的事情，她問過母親，游四娣沒有告訴她什麼，她心想，母親是這個世界上最疼她的人，今生今世，她都不能沒有母親！

某個陽光燦爛的日子，李紅棠和母親在番薯地裡除草。累了，她們坐在田頭休息。一陣風拂過來，李紅棠覺得清爽極了。可是，她看到母親額頭上青紫的傷痕，心裡隱隱作痛，她知道那是父親醉酒後打的，儘管母親告訴她是自己不小心撞的。李紅棠輕聲問：「媽姆，還痛嗎？」游四娣擦了擦汗說：「不痛，這點小傷，怎麼會痛呢。」李紅棠說：「媽姆，爹爲什麼老喝醉酒打你？」游四娣說：「別亂講，你爹沒有打我，是我自己不小心撞傷的！你要對你爹好，他也不容易，心裡也有苦，有憋屈，說不出來！」李紅棠無語了，抬頭看了看遠處蒼茫的群山。游四娣也抬頭望了望蒼茫的群山，突然說：「紅棠，如果哪天我不見了，你會怎麼樣？」李紅棠說：「媽姆，你不會離開我們的，不會的！」游四娣嘆了口氣說：「假如，假如哪天，我眞的離開了——」李紅棠說：「媽姆，不會的！肯定不會的！你怎麼捨得拋下我們！如果媽姆眞的離開了，我會把你找回來的，死也要把你找回來的！我說到做到！媽姆，以後不要說這樣的話了，好嗎？」游四娣又望了望蒼茫的遠山，無語，她的目光迷離。她迷離的目光讓李紅棠恐慌……

李紅棠還是不清楚父親李慈林在幹什麼，他每天早早出去，晚上很晚才回來，有時根本就不回來。李慈林告訴女兒，游四娣恐怕是不會回來了，因爲他也沒有辦法找到她，要李紅棠照顧好家，照顧好弟弟。李慈林最近行事詭祕，李紅棠總覺得會發生更大的事情。她沒有聽父親的話，放棄尋找母親，只要沒有見到母親的死屍，那麼她就有可能活著，就會有找著的希望，她絕對不會放棄。

那天上午，李紅棠在西山的一個村裡挨家挨戶尋找母親，竟然意外地碰到了父親。她看見父親和幾個長相兇惡的男子在一戶人家的廳堂裡討論著什麼，他們神色凝重。李慈林發現了女兒，他把李紅棠領到了村口，極不耐煩地說：「紅棠，你怎麼不聽我的話，我告訴你多少遍了，你媽姆找不到了，不要再找了，她想歸家自然會回來，她要鐵了心不歸家，你找遍天涯海角也找不回來！快歸家去吧。」李紅棠只好離開了這個村莊。

黃昏，殘陽如血。

李紅棠下了山，走在田野上。晚稻過幾天就要收成了，母親還是沒有找到，這可如何是好！她正走著，突然聽到後面傳來了腳步聲，孩童般的腳步聲。李紅棠回頭一看，發現了侏儒上官文慶。他在夕陽的紅光中搖搖晃晃地靠近李紅棠。李紅棠回轉過身，對他說：「文慶，你這是到哪裡去了？」

上官文慶走到她面前，仰望著李紅棠，臉上堆滿了笑容，他的頭雖然很大，和身體極不相稱，可他的臉笑起來並不難看，在心地善良的李紅棠眼裡，他的笑容還是十分燦爛的。

上官文慶說：「我隨便走走。」

李紅棠挺同情他的，「文慶，你不要亂跑呀，天很快黑了，快歸家去吧，莫要被山上下來的豺狗把你叼走了。」

上官文慶晃蕩著大腦袋說：「沒事的，沒事的，豺狗叼不到我。」

李紅棠說：「別講大話了，快歸家吧！我不和你說了，我也要歸家了。」

上官文慶臉上的笑容突然消失了，表情嚴峻地說：「紅棠，你曉得嗎，你舅舅游秤砣快死了！」

李紅棠立馬變了臉色，「呸呸呸，你才快死了，不要咒我舅舅！」

上官文慶嘟起了嘴，一副委屈的樣子，「我什麼時候說過假話，我說的是真的，你舅舅游秤砣眞的快死了，他已經好幾天沒有起床了。」

李紅棠死活不信，「你再亂講，我要打人了！」

上官文慶說：「紅棠，你說，唐鎮哪有我不曉得的事情，我是唐鎮的活神仙哪！你舅舅眞的快死了，我聽老郎中鄭士林說的，你舅舅派人來偷偷地把他請去看病，鄭老郎中那麼好的醫術都束手無策，拿他的病沒有辦法。鄭老郎中說，你舅舅可能沒救了。」

李紅棠心驚肉跳，「你是親耳聽到鄭老郎中說的嗎？」

上官文慶點了點頭，「我親耳聽鄭老郎中和他兒子說的，只有我聽到了，鄭老郎中還讓他兒子保密呢，他們沒有想到，被我這個活神仙聽到了。我曉得你傍晚要經過這裡，就在這裡等你，和你說這件事情。」

李紅棠突然飛起一腳，朝他踢過去，「我讓你胡說八道！」

上官文慶雖說是個侏儒，卻十分靈活，機警地躲過了李紅棠那一腳，快速地鑽進了路邊的稻田裡，隨著稻子的一陣窸窸窣窣的抖動，上官文慶頃刻間沒了蹤影。

李紅棠喉嚨裡堵了塊硬硬的東西，吞不下去又吐不出來，淚水在眼眶裡打轉，心裡難過極了。

夜深了，李騷牯瘦長的身影閃出了李家大宅的門樓，幽魂般穿過街巷，來到了青花巷一戶人家的門口。他從腰間掏出一把鋒利的刀子，插進門縫裡，輕輕地挑開了門閂，躡手躡腳地推開門，潛了進去。

他悄無聲息地來到一個房間門口，聽到了像拖風箱一樣的呼嚕聲。房間門虛掩著，李騷牯輕輕一推就開了。他進入房間後，把房門關上，插上了門閂。房間裡一片漆黑，有股濃重的濁氣。他知道，床上躺著的是個肥胖的女人，他就是來找這個叫沈豬嫲的女人的。唐鎮大部分的人不知道沈豬嫲的眞實名字，李騷牯也一樣，只知道大家叫她沈豬嫲，就是說她像母豬。

李騷牯看不清一身肥肉的沈豬嫲躺在床上是什麼樣子。他摸到了床邊，有股熱烘烘的氣息撲面而來。這是沈豬嫲的肉體上散發出來的氣息，還有一種肥膩的女人味。李騷牯的腦袋轟的一聲，被這股熱呼呼的肥膩的女人味弄得暈頭轉向。他沒想到自己如此沒用，竟然被一個半老徐娘弄得性欲勃發。李騷牯在黑暗中爬上了床，猴爪子般的手觸碰到沈豬嫲肥膩的肉體，喉嚨裡發出了低沉的吼聲，不顧一切地撲了上去。

沈豬嫲的呼嚕聲突然停止。

她迷迷糊糊地說了一聲，「狗子，你搞什麼搞，大半夜地死回來，也不好好睏覺！」

沈豬嫲把騎在自己身上的李騷牯當成丈夫余狗子了，余狗子是個晚上不著家的主，一個勁地在外面濫賭。李騷牯沒有說話，他扒下了她寬大的底褲，掏出了自己襠下暴怒的命根子，義無反顧地塞進了她的私處，雙手使勁地抓住了她柔軟的大奶子。李騷牯被欲望之火燒得瘋狂，在沈豬嫲的身上發洩著，猛烈地衝撞。沈豬嫲的欲望也被他的粗暴刺激得興趣盎然，嗷嗷地叫喚著，扭動著肥碩的大屁股，風騷地迎合著李騷牯。

暴風驟雨過後，李騷牯癱軟下來。

沈豬嫲卻意猶未盡，「狗子，你有多久沒屌老娘了！老娘以爲你廢了沒用了呢，來，再來，我還要——」她伸手去抱李騷牯。

李騷牯頓時清醒，他跳下了床，提上了褲子。然後站在床頭，俯下身，右手掌摁在她頭上，惡狠狠地拿捏著嗓子說：「爛貨，你給我聽好了，以後再敢亂嚼舌頭，就廢了你！」

李騷牯說完，就溜之大吉了，他本來想給沈豬嫲留下個深刻教訓的，但他下不了手。

李騷牯走後，沈豬嫲如夢初醒，知道了剛才壓在身上的人不是自己的丈夫余狗子，可她沒有聽出那個人是誰！她下了床，點亮了油燈，跺著腳連聲罵道：「是哪個斷子絕孫的，占老娘的便宜！」她坐在床沿上，鼓鼓囊囊的胸脯起伏著，想想只能怪自己，怎麼就沒有分清是誰呢。沈豬嫲嘆了口氣，心想，吃虧是吃虧了，總歸比和余狗子的那幫爛賭鬼做強，好歹也快活了一場。她這樣想，就有了些安慰，心裡好受多了。余狗子經常賭輸，有時沒錢了就把老婆給押上，輸了就帶人回家來搞他老婆。那對沈豬嫲來說是眞正的恥辱，她也沒有辦法，這樣總比丈夫被人用刀逼著還債強，一切都是命。沈豬嫲在唐鎮早就就沒臉沒皮了，什麼話都敢說，成了一個人見人煩的長舌婦。

亂說話是要付出代價的。

她想著自己說了誰的壞話，招致人摸黑上門來姦污威脅自己。這時，余狗子回家了。余狗子哼著下流小調溜進了房間，看房間裡的燈亮著，沈豬嫲陰沉著臉坐在床沿上。余狗子嘻皮笑臉地說：「豬嫲，你是在等我呀？」沈豬嫲瞥了他一眼，看他得意的樣子，今晚是贏錢了。他在外面贏了錢，家裡的老婆卻被人姦污了，沈豬嫲氣不打一處來，霍地站起來，從腳上脫下一隻爛布鞋，朝余狗子撲過去，劈頭蓋臉地抽打起來。

余狗子一頭霧水，邊躲邊說：「豬嫲，你發癲了，怎麼沒頭沒腦就打人哪！」

沈豬嫲喊叫道：「老娘就是發癲了，打死你這個沒用的東西！我上輩子造了什麼惡喲，今生碰到你這個不成人形的畜生！」

余狗子突然火了，一把奪過她手中的破鞋，狠勁地扔在地上，「不知好歹的爛豬嫲，你鬧夠了沒有！」

沈豬嫲氣呼呼地爬上床，臉朝裡面側躺在床上。余狗子從口袋裡掏出一吊銅錢，神氣活現地扔在髒污的桌上，脫掉衣服，吹滅了油燈，上了床。余狗子伸手摸了一下沈豬嬤的肩膀。沈豬嬤沒有理他。她還在想著究竟自己說了什麼話，得罪了人。她說鎮上人的怪話多去了，實在得不出準確的答案。她突然想到了李公公。

沈豬嬤不止一次說過李公公的怪話。李公公回唐鎮後不久，她就到處說李公公這個閹人如何如何。早上，她到尿屎巷屙屎時，和隔壁茅房裡蹲著的吳二嫂閒談，說著說著，她就說起了李公公：「老太監真是有錢呀，天天請大家看戲，你說他的錢是哪裡來的，我想可能來路不正。」吳二嫂說：「你可不要亂說，不管他的錢怎麼來的，李公公能請大家看戲就是好事情。你看看鎮上的那幾個有錢人，就是把錢帶到棺材裡，也不會拿出來替大家做點好事。」沈豬嬤就不再說了。尿屎巷是唐鎮傳播新聞和謠言的最佳場所，這條巷子全部是茅房，每天早上，大家都要到這裡來拉屎或者倒尿盆，許多傳聞就在薰天的臭氣中流傳出去。沈豬嬤早上說李公公的話，肯定不止吳二嫂一個人聽見了，人多嘴雜，保不準就七拐八彎地傳到了李公公的耳中。

難道那人是李公公派來的？

李紅棠牽著冬子的手，走進了游屋村中游秤砣的家門。游秤砣的老婆余水珍在灶房裡熬藥。李紅棠喊了聲：「舅母——」余水珍就走出灶房，來到了他們面前，「紅棠，你們怎麼來了？」李紅棠焦慮地問道：「舅母，舅舅是不是病了？」

余水珍憔悴的臉上掠過悲涼的神色，眼圈一紅，「也不曉得怎麼搞的，那天夜裡從你們家裡回來後就倒下了，一連幾天臥床不起。你舅舅那麼壯實的一個人，不可能這麼容易就倒下了，從來沒病沒災的呀！連鄭郎中也覺得奇怪，看不出他得了什麼病。」李紅棠的眼睛也紅了，「舅母，舅舅現在哪裡？快帶我去看他！」

余水珍抹了抹眼睛，「在臥房裡呢。唉，屋漏偏逢連夜雨，你媽姆還沒有音訊，你舅舅又莫名其妙地倒下了，難道是老天爺和我們家過不去？」

余水珍領著他們走進了臥房。

臥房裡充滿了濃郁的臭味，像是死老鼠和變質的食物混雜在一起的臭味。游秤砣平躺在眠床上，眼睛緊閉，一動不動，他的臉色蠟黃，幾天時間就瘦得剩下一層皮。

余水珍把嘴巴湊近了他的耳朵，「秤砣，紅棠他們看你來了。」

游秤砣遊絲般的聲音，和往常判若兩人，「我不是不讓你告訴他們的嘛。」

余水珍輕聲說：「我沒告訴他們，也不曉得他們從哪裡得來的消息。」

游秤砣微微嘆了口氣，睜開了無神的眼睛，艱難地側過沉重的頭，臉上露出一絲苦澀的笑容，「紅棠，冬子——」

李紅棠的淚水似斷線的珠子般滾落下來。

冬子內心充滿恐懼，他躲在姐姐的身後，探出頭，默默地看著游秤砣。

游秤砣輕聲說：「莫哭，莫哭，舅舅不會死的，閻羅王不會收我的。」

這個秋天的某個晚上開始，唐鎮人開始在深夜裡聽到叮叮噹噹打鐵的聲音，這種聲音有別於唱戲的聲音，它們之間有本質的不同。唐鎮人認爲，晚稻很快就要收割了，鐵匠上官清秋帶著兩個徒弟在加班加點趕製鐮刀。

打鐵的聲音在白天裡沒有那麼大的動靜，在夜深人靜時顯得特別響亮，吵得很多人心煩意亂。

唐鎮胡記小食店的老闆胡喜來神經衰弱，本來就睡不著覺，被打鐵的聲音吵得腦殼都快爆炸了。他忍不住舉著火把去鐵匠鋪裡敲門，企圖制止他們打鐵，裡面的人還是繼續叮叮噹噹地打鐵，對那用拳頭砸出的敲門聲置若罔聞。

胡喜來氣憤極了，在打鐵鋪外面吼叫起來，「你們這樣下去，還讓不讓人活了哇！你們再不停下來，我一把火燒了打鐵店！」

這時，胡喜來聽到了清脆笑聲。他來不及想什麼，侏儒上官文慶不知道從哪個角落裡鑽了出來。

胡喜來俯視著他，怒目圓睜，「文慶，快讓你爹收攤回家睏覺了，把人都吵死了！」

上官文慶微笑地說：「我也快被吵死了，我還希望你把打鐵店燒了呢，這樣我就可以歸家睡個安穩覺了！」

胡喜來想，這個矮鬼，話怎麼說的，這不是在刺激我嘛！他的火氣更大了，「你以爲我不敢燒，是不是？」

上官文慶還是微笑地說：「我可沒有說你不敢，你要燒就燒，其實和我沒有關係，這個世界上的人都和我沒有關係。」

說完這句話，上官文慶突然就跑掉了，不一會就消失得無影無蹤，胡喜來懷疑他是不是鑽到哪戶人家的狗洞裡去了。

鐵匠鋪子裡打鐵的聲音還在繼續，絲毫沒有停下來的意思，裡面的人根本就沒有把他當回事。胡喜來氣得渾身發抖，儘管如此，他還是下不了決心點燃鐵匠鋪。最後，他還是大聲地罵了幾句，無奈地走了。那個晚上，胡喜來一夜未眠。

第二天，人們看到他打開小食店的木板門時，他的眼圈黑黑的，像塗了一圈墨。他的目光落在斜對面不遠處的鐵匠鋪，打鐵的聲音照常傳來，他想等鐵匠鋪開門後，過去和他們理論理論，讓他納悶的是，鐵匠鋪一整天也沒有開門。在接下來相當長的一段時間裡，鐵匠鋪子也沒有開門，打鐵聲卻不分晝夜地傳出，不知道上官清秋和他兩個徒弟在搞什麼鬼。胡喜來想，長久這樣下去，他離死不遠了，如果他死了，就是被打鐵的聲音吵死的。

這天中午，一個收購草藥的外鄉人走進了悅來小食店。

外鄉人往那裡一坐，對胡喜來說：「來一斤豬頭肉，溫壺水酒。」

胡喜來點了點頭，「還要點什麼嗎？」

外鄉人想了想，「等我酒喝完了，你再給我煮碗芋餃吧！」

胡喜來說：「好咧——」

外鄉人看著胡喜來切豬頭肉，問道：「胡老闆，你今天怎麼氣色不好？是不是昨天晚上被老婆欺負了呀？」

胡喜來說：「瞎講！」

外鄉人哈哈大笑。

不一會，酒菜上來了。外鄉人自顧自地吃喝。這個時候，就他一個客人，胡喜來閒得無聊，就坐在外鄉人的面前，說：「你好久沒來了呀，最近跑些什麼地方？」

外鄉人喝了口酒說：「是呀，好久沒有來唐鎮了，你們這地方太偏了，難得來一次！這些天，都到別的山區收貨。現在生意不好做哪，累死累活，就是賺不到幾個銅錢。」

胡喜來說：「是呀，賺口飯吃不容易，都不容易。」

外鄉人笑了笑說；「還是你好，守著一個小店，旱澇保收，不用東奔西跑。」

胡喜來說：「也難，也難！」

外鄉人突然提出了一個問題，「最近，唐鎮有沒有來過一個紅毛鬼？」

胡喜來吃了一驚，「什麼紅毛鬼？」

外鄉人說：「別緊張，不是眞鬼，是個外國人，長了一頭的紅頭髮，見過他的人就稱他爲紅毛鬼。」

胡喜來有些納悶，「外國？還有長紅頭髮的人？」

外鄉人說：「聽胡老闆的口氣，那個紅毛鬼沒有到過唐鎮。」

胡喜來問：「他會來嗎？我倒想見見紅頭髮的人是啥樣子的！」

外鄉人說：「也許會來。他是個傳教的人，到處走，說不定哪天就來到唐鎮了。」

胡喜來說：「傳什麼教？」

外鄉人說：「好像叫什麼耶穌教，讓人信上帝什麼的，就像信觀音菩薩那樣。」

胡喜來說：「有人信嗎？」

外鄉人說：「當然有，信的人還不少呢。你曉得嗎，紅毛鬼在汀州城裡傳教時，不少人隨他信教，這可惹起了軒然大波，黃龍觀裡的白眉道長不幹了，說他是邪教，要大家抵制紅毛鬼。光說還不要緊，白眉道長還派人把紅毛鬼捉了，想逼他離開，甚至還想弄死他。後來，紅毛鬼的信徒報了官，白眉道長無奈，就把他放了。儘管放了他，白眉道長仍鼓動他的信眾，不斷地給紅毛鬼製造麻煩。終於有一天，紅毛鬼離開了汀州城，到山區裡去傳教。」

胡喜來說：「有這樣的事情？紅毛鬼就一個人傳教？」

外鄉人點了點頭，「就一個人。」

胡喜來說：「這個紅毛鬼膽子夠大的。他不怕土匪什麼的？」

外鄉人說：「不怕。好像聽傳聞說，有一回，紅毛鬼還真碰到了土匪。土匪把他捉去後不久，就把他放了，還送給他不少銅錢做盤纏。」

胡喜來吃驚地問：「為啥？」

外鄉人說：「據說，那些土匪也信了他的教。」

胡喜來倒抽了一口涼氣，「還真邪了！」

外鄉人哈哈一笑，「你看，你看，說著說著，酒也喝完了，肉也吃光了，快去給我煮芋餃吧！」

胡喜來也笑笑，「還是你見識廣，曉得這麼多事情。」

說完，他就去煮芋餃了。

冬子沒有告訴姐姐李紅棠，就在舅舅游秤砣離開他們家的那個晚上，他做了個奇怪的夢。冬子夢見游秤砣穿著一身白色的衣服，騎著一匹竹子紮的白紙糊成的馬飛上了天。他一直不明白那輕盈的紙馬怎麼能夠承受舅舅那粗壯的身體。那紙馬他只在專賣死人用品的壽店裡看到過。那個晚上之後，冬子每一次經過壽店時，就會停住腳步，目光落在店裡的一匹紙馬上，幻想著它飛起來。這時，壽店的主人李駝子就會走出店門，笑著對他說：「冬子，你快走吧，不要看這些東西，這些東西不是你能玩的。」李駝子是個駝背，他的背上壓著一團高高隆起的死肉，他一生未娶，靠做死人用品為生。他的手藝出奇地好，據說是無師自通，他紮的紙人紙馬惟妙惟肖，像眞的一樣。冬子聽了他的話，就默默離開，他曾突發奇想，李駝子會不會在某天騎著自己紮的紙馬飛走？

冬子家的晚稻收割完的第二天早上，他們家裡充滿了穀子的香味。晚稻收成了，冬子知道，姐姐李紅棠又要開始四處去尋找母親了，她要到離唐鎮更遠的山裡和村落去尋找母親。收割晚稻的這幾天，稻田裡都沒有出現父親李慈林的影子，他還是行蹤詭祕，不知道在幹些什麼事情。李慈林還是叫了幾個人幫助他們收割晚稻。

這天早晨，晴朗。從天井裡可以看到瓦藍的天，還可以聞到清新的露水味兒。李慈林又是一夜未歸，李紅棠把冬子叫起來吃過早飯，就準備出發去尋找母親。李紅棠摸著弟弟的頭說：「冬子，你要乖乖的，莫要亂跑，午飯也給你做好了，到時你自己熱熱吃。等著我歸家來。」冬子點了點頭。他突然發現臉色蒼白的姐姐頭上有了一綹白髮。那綹白髮刀子般刺進了冬子的心臟，疼痛不已，姐姐才十七歲，正是含苞待放的年齡，怎麼就有白頭髮了呢？他想告訴秀美的姐姐，可他說不出口，他若說出口，對姐姐無疑又是一種傷害，殘忍的傷害。

李紅棠正要出門，門口跌跌撞撞地衝進來一個人。

這是個滿頭大汗的少年，他衝著李紅棠哭叫道：「阿姐，我爹他，他——」

來人是游秤砣的兒子游木松。

李紅棠心裡一沉，明白大事不好，但她還是故作鎮靜地說：「木松，你慢慢說，到底怎麼了？」

游木松上氣不接下氣地說：「我爹，我爹他，他走了——」

李紅棠明白了游木松是來報喪的，聽完他的話，她一口氣憋不上來，就昏倒在地。冬子呆立在那裡，一句話也說不出來，他想，舅舅是不是騎著那匹紙馬飛走的。游木松蹲下來，一手抱起李紅棠，一手掐住她的人中，口裡悲傷地說：「阿姐，阿姐，你醒醒呀，阿姐——」

冬子滿臉哀傷，沉默地經過阿寶家門口時，阿寶看見了他。此時，他眼中根本就沒有阿寶，阿寶跟在他的身後說：「冬子，你莫要難過哇，我曉得你舅舅死了。」

冬子沒有說話，他懶得說話。

阿寶又說：「冬子，你曉得嗎，我也很難過，眞的很難過。」

冬子繼續往前走著，他心想，舅舅不是死了，而是騎著漂亮的紙馬飛走了。總有一天，他還會騎著白色的紙馬回來的。他的心裡酸酸的，淚眼迷濛。跟在他身後的阿寶也哭了，抽抽搭搭地哭。路人都用悲憫的目光看著他們，有心軟的女人也情不自禁地抹淚。

冬子來到了李駝子壽店的門口，站在那裡，眼淚汪汪地注視著店裡的那匹紙馬。李駝子走了出來，輕聲地問冬子：「冬子，你要什麼呢？」冬子手指了指那匹紙馬，哽咽地說：「駝子大伯，你能把紙馬給我嗎？」李駝子慈祥地說：「冬子，想拿走就拿走吧。」冬子說：「駝子大伯，可是我現在沒有錢給你。」李駝子轉身走進店裡，取出了紙馬，走回到冬子的面前，「冬子，難得你一片孝心，你拿走吧，我不收你的錢。」冬子說：「駝子大伯，等我長大賺錢後一定還你，就算是我和你賒的。」李駝子嘆了口氣，「冬子，不要多說了，你快把紙馬拿走吧！」

冬子的雙手把紙馬高高舉起來，沿著小街朝東面走去。

走到阿寶家門口時，冬子停住了腳步，回過頭對阿寶說：「阿寶，你歸家去吧。」

阿寶點了點頭。

這時，他們看到一身白袍的李公公在不遠處迎面走來，他的手上拄著一根油過漆的木質龍頭拐杖。阿寶心裡清楚，他手中的這根龍頭拐杖是他爹張發強花了兩天時間雕刻而成的。當時，阿寶不知道誰需要這樣的龍頭拐杖，沒想到它會出現在李公公的手上。李公公在街上慢慢地踱步，人們都笑著和他打招呼，他也有禮有節地朝問候他的人點頭致意，唐鎮沒有人能夠這樣被人們尊重。

冬子舉著紙馬和李公公相遇了。

冬子冷冷地看著他，沒有避讓他。

李公公面露不動聲色的笑意，躲到了一邊，他的目光落在冬子秀氣而哀傷的臉上。冬子徑直走了過去。李公公注視著冬子頎長的背影，白色的眉毛抖了抖，吞下了一口口水。

冬子就那樣舉著紙馬，走出了唐鎮的小街，朝游屋村走去。

游秤砣死後，李慈林出現了，像是從某個老鼠洞裡鑽出來的，頭髮蓬亂，鬍子拉碴，滿臉陰霾，目光悲切。他和自己的兒女一樣，來到了游秤砣的家裡。游秤砣的屍體被放在廳堂裡的一塊門板上，屍體的上面遮著一塊白色的土布。他的遺孀以及孩子還有李紅棠和冬子披麻帶孝地站在屍體的左側。

李慈林把一條麻布紮在額頭上，跪在游秤砣的屍體旁邊，號啕大哭。他的哭聲像深夜迷茫的山林裡傳來的狼嚎，淒厲而詭異。余水珍面無表情地看著這個曾經和丈夫親如兄弟的人，什麼也沒有說。在李慈林面前，余水珍一家人都克制住了情緒，顯然游秤砣在死前和他們說過什麼。冬子也冷冷地看著痛哭流涕的父親，他弄不清楚父親的哭聲和淚水是不是眞的。

送葬的時候，余水珍和兒子們哭天搶地，李紅棠也哭得像淚人兒。冬子卻沒有哭，李慈林見狀，給了他一巴掌，「你這個沒良心的東西！舅舅生前對你那麼好，他過世了，你卻連眼淚也不流一滴！」那巴掌打得很重，冬子的半邊臉立即紅腫起來，呈現出五個明顯的手指印，他覺得半邊臉火燒火燎地痛，那個耳朵也嗡嗡作響。

就是這樣，冬子也沒有哭出來。

他心裡一直堅持一個想法：舅舅游秤砣沒有死，他只不過是騎著白色的紙馬飛到天上去了，總有一天，他還會騎著白色的紙馬回來的。

李慈林給游秤砣辦完喪事，就對余水珍說：「我接你們到鎮上去住吧，這樣也有個照應。」

余水珍搖了搖頭，臉上擠出了苦澀的笑意，「不用了，謝謝你的好意，游屋村也很好，我們會好好活下去的。對了，你師兄臨死前，有一句話讓我轉告你，如果以後四娣歸家，你要好好待她！如果她真的一去永不回了，你也要好好待兩個兒女。」

李慈林說：「這是當然的。」

李慈林帶著兒女離開了游屋村。

余水珍帶著兒子們把他們送到了村口。那時，陰風四起，山野一片蒼茫。他們走出一段路後，李紅棠回頭望了一下，看到余水珍不停地抹眼睛，游木松在拚命地朝她揮手。

李紅棠怎麼也想不到，他們和余水珍一家的這次分手，竟成了永訣。不久後，余水珍帶著兒子們離開了游屋村，離開了這片山野，走的時候沒有和他們告別，在此之前，也沒有透露半點要走的口風。也許游秤砣臨死前就已經做出了讓他們離開的決定，他已經不能保護他們了，也已經感覺到了唐鎮的危險，可是，哪裡是真正的世外桃源？哪裡才是人們真正的樂土？只要是有人存在的地方，就會有兇險！

游秤砣死後，唐鎮很多人都覺得十分惋惜。他的死成了人們茶餘飯後的談資。據說，游秤砣死前的那個晚上，大聲地吼叫了一夜，他沙啞的聲音在游屋村的天空中迴盪，整個游屋村的人都被他淒厲的吼叫聲震得心驚膽戰。游秤砣的吼叫聲在清晨的風中消散之後，人們就聽到了游家人撕心裂肺的哭聲，他們才知道游秤砣已經死了，再也不能保護村民了。有人說他在練獨門武功，走火入魔不能自拔，結果喪生；有人說，游秤砣得了一種怪病，那種無藥可醫的怪病最終奪去了他強硬的生命；還有人說，游秤砣是冒犯了神靈，被神靈懲罰，死於非命。

流傳最廣的是最後一種說法。這種說法是不是從臭氣薰天的尿屎巷裡流傳出來的，沒有人去考證。反正這種說法有鼻子有眼的，不久就被唐鎮的大部分人所接受。

傳說在那個皓月當空的深夜，游秤砣喝完酒後走出了李慈林的家門。他踉踉蹌蹌地穿過寂寞的小街，朝鎮東頭走去。當他路過鎮東頭的土地廟時，醉倒在廟門口的那棵古樟樹下。他惺松的醉眼中出現了一個白髮老媼，白髮老媼拄著一根拐杖來到了他的面前，和顏悅色地對他說：「你喝醉了，趕緊回家去吧，秋天的夜風涼，在這裡睡覺會受風生病的！」游秤砣自恃習武出身，體質好，就衝著白髮老媼沙啞著嗓子吼叫道：「我沒事的，就是落雪的冬天，我都敢下河洗澡，這又算什麼！」白髮老媼又關切地說：「不要逞能呀，多少英雄好漢逞能，結果死於非命！還是聽我這個老太婆一句話，快點回家去吧！」游秤砣非但沒有領白髮老媼的好意，反而出言不遜，「你這個死老太婆，我就是死在這裡又和你何干！快滾開，不要在這裡煩我！」白髮老媼嘆了口氣就在他面前消失了。過了一會，游秤砣覺得胃裡翻江倒海，搖搖晃晃地站起身，對著古樟狂吐，從他口中吐出的穢物污染了古樟的樹皮。這還不算，他吐完後又順勢往古樟樹上撒了泡長長的臊尿。古樟樹可是土地老爺的神樹，豈容游秤砣這個凡夫俗子玷污，當下土地老爺就發了火，降禍到了他的頭上。游秤砣撒完尿，就覺得自己的頭被什麼東西擊打了一下，他頓時清醒過來。此時清醒過來已經晚了，如果他能夠聽那個白髮老嫗的勸告，離開這裡，就萬事大吉了，他哪知道那個白髮老嫗就是土地娘娘。清醒過來的游秤砣的腦袋裡像釘進了一枚鐵釘，疼痛難忍，他一路跌跌撞撞地朝游屋村方向狂奔而去……

第四章

李紅棠在暮秋漸漸寒冷的風中四處尋找母親，誰勸她也沒有用，她鐵了心要找到母親，哪怕是母親的一根屍骨。她死活不相信，一個大活人就這樣說沒就沒了。幾乎每天早上起來，冬子都會發現姐姐頭上新長出一綹白頭髮，她的容顏也越來越憔悴，本來紅潤的臉龐越來越灰暗。自從母親失蹤後，李紅棠就沒有照過鏡子，她已經忘了自己。冬子好幾次想告訴姐姐，可他還是沒有說，他不想讓姐姐的心加深傷害，那些白髮和黯淡的容顏，對一個如花似玉的女孩子來說意味著什麼？

沈豬嫲挑了一擔新鮮的白蘿蔔來到鎮街上賣，她是唐鎮的種菜好手，她在唐溪邊的野河灘上開了好幾塊荒地，在上面種上了各種各樣的蔬菜。她就是靠種菜換些銅錢，養家餬口，如果靠余狗子，一家人早就餓死了。沈豬嫲畚箕上的白蘿蔔洗得乾乾淨淨，看上去鮮嫩飽滿。唐鎮人討厭她的碎嘴巴，對她的菜還是十分喜歡。

沈豬嫲在街上還沒有走到一半，她的蘿蔔就賣掉了一大半。

她肥胖得像個豬肚的臉上泛出一種得意的紅光，細瞇的雙眼審視著鎮街上走過的每一個男人，特別是乾瘦的男人。這些日子以來，她只要走出家門，就會用怪異的目光去搜尋那些乾瘦的男人，她希望能夠找出那個深夜裡潛入她家的男人，事後回想起來，還是這個男人有味，令她銷魂。

沈豬嫲的蘿蔔賣得差不多後，挑著剩下的一些蘿蔔來到了胡喜來的小吃店裡，胡喜來和她說好的，每天都要給他留點菜。沈豬嫲路過鐵匠鋪時，看到鐵匠鋪的門扉緊閉，叮叮噹噹的打鐵聲不停地傳出。晚稻都已經收成了，鐵匠鋪的門還是沒有開，還是沒日沒夜地從裡面傳出打鐵的聲音。

沈豬嫲把蘿蔔送進了胡喜來的店裡，他正表情嚴峻地收拾一盆豬大腸。他的小兒子胡天生在一旁洗碗。

沈豬嫲將蘿蔔放在了灶台上的一個竹筐裡，媚笑道：「胡老闆，你看看我這蘿蔔，個個都一般大，我總是把最好的留給你，別人出高價我都不賣給他，我曉得在鎮上，你胡老闆是最照顧我的。」

胡喜來聽了她的話，臉上還是沒有舒展開來，要是往常，他會呵呵地樂，用一些葷腥的語言和沈豬嫲調笑。

見胡喜來愁眉不展，沈豬嫲說：「胡老闆，你是不是又沒有睡好覺呀？」

胡喜來甕聲甕氣地說：「能睡好嗎？我可不像你，每天晚上都可以睡得像死豬一樣，那是多大的福氣哪！」

沈豬嬤笑得眼睛瞇成了一條縫，「你怎麼曉得我晚上睡得像死豬？你是不是晚上的時候偷偷來看過我呀！」

胡喜來說：「呸！我去看你睡覺做什麼？我發癲了嗎？」

沈豬嬤抖了一下身子，兩個肥碩的大奶在胸前亂顫，彷彿要破衣而出。她說：「胡老闆，我曉得你爲什麼睡不好，是不是因爲打鐵店的事情呀？」

提起鐵匠鋪，胡喜來就氣不打一處來，「這個斷子絕孫的上官清秋，就是不想讓我活！你看他做的事情，沒天理哪！怪不得他會生下那個矮鬼兒子！我就想不明白，他沒日沒夜關著門在敲打什麼！我眞的想一把火燒了他那個打鐵店！讓他到陰間去打鐵！」

沈豬嬤突然壓低了聲音說：「胡老闆，聽人家說呀，上官清秋死了，他那兩個徒弟早就走了，打鐵店裡是上官清秋的鬼魂在作祟，鎭上的人有多久沒有見到他了哇？他要是活著，怎麼可能不開門，怎麼可能不出來走動，你說有沒有道理？」

胡喜來聽了沈豬嬤的話，身上的寒毛一根一根豎起，不遠處鐵匠鋪裡的打鐵聲還是不停地傳過來。

他們突然聽到了一聲脆響。

那是胡天生手中的盤子落地後破碎的聲音。

胡喜來看到地上陶瓷的碎片，心疼得直皺眉頭，「你這個敗家子，你要我的老命呀，我們這個小本生意，一天能賺幾個銅錢？你倒好，一下子就打碎了一個盤子，好像盤子是不要錢撿來的！」

胡天生知道自己闖禍了，愣愣地站在那裡，不知所措。他很瞭解父親的脾性，父親小氣是在唐鎭聞名的，加上他最近被鐵匠鋪日夜不停的聲音折磨得死去活來，本來肚子裡就窩著火，他不知道父親會怎麼收拾自己。

果然，胡喜來越說越生氣，最後從木盆裡抓起一根豬大腸朝胡天生沒頭沒臉地抽打起來，濕漉漉的豬大腸抽打在臉上，又痛又臭，這讓十歲的胡天生蒙受了巨大的屈辱，他叫喊著衝出了小食店。

胡喜來追了出去，一揚手把手中的豬大腸也扔了出去。

胡天生很快地跑遠，胡喜來這才反應過來，豬大腸扔到了街面上，他更加心疼不已，「哎喲，我的豬大腸喲——」趕緊跑過去，從鵝卵石街面上撿起了那根豬大腸。

胡喜來回到店裡，沈豬嫲早就溜之大吉了。他把弄髒的豬大腸重新放回木盆裡洗的時候，發現木盆裡少了一條豬大腸。他瞪著憤怒的眼睛想了想，連聲罵道：「好你個沈豬嫲，趁人之危呀！你偷我的豬大腸，吃了你全家死光光！哎喲，我的豬大腸喲！這都是花錢買的呀，我的錢也不是偷來的搶來的，我辛辛苦苦賺點錢容易嗎？一滴汗水掉在地上也有鍋蓋那麼大喲！」

一個月的戲終於唱完了。

唐鎮人意猶未盡，戲要是一直這樣唱下去，該有多好。有戲的日子，天天都是過年過節呀！沒有戲唱了，唐鎮人的日子一下子清淡起來，悃然若失。無論如何，唐鎮人還是對李公公充滿了感激之情，是他讓大家過了一個月難以忘懷的好日子。

戲不再演了，唐鎮人卻沒有看到戲班子離開。

對冬子而言，這是個寂寞的下午。

很多時候，他變得麻木。他不願意去想更多的事情，想到母親和舅舅以及那些噩夢，就會陷入無邊無際的悲傷和恐懼之中，不能自拔。這個寂寞的下午，他拒絕了阿寶在家門口的呼喚，阿寶想找他一起出去玩。他不想出門，不想面對這個世界，頂多坐在閣樓的木窗前，呆呆地俯視街上走過的人和那些狹小的店面。他曾經是一個多麼活潑的孩子，和阿寶一起在鎮裡鎮外瘋玩。有時，冬子特別渴望看到蛇，就想阿寶渴望看到蝴蝶。他們會在河灘的草叢裡尋找蝴蝶，在追逐蝴蝶的過程中，偶爾會看到一條蛇從草間滑過。見到蛇，阿寶就會驚叫，冬子卻看著蛇在草叢裡遊走，目光癡迷。那時，他就幻想自己變成了一條蛇。父親李慈林不止一次對他說：「冬子，你是條蛇。」冬子不明白他爲什麼會這樣說。但是他聽姐姐說過，母親懷上他之前的某個晚上，當她要睡覺時，掀開被子，發現床上盤著一條蛇，她大驚失色。李慈林卻不害怕。按唐鎮人的說法，進宅的蛇是不能打死的，這是靈蛇，會給家裡帶來好運。李慈林燒了一炷香，把那條蛇請下了床，他看著那條蛇遊動著，爬出房門，臉上露出了笑容。不久，游四娣就懷上了冬子。很多時候，冬子也會感覺自己是一條蛇，皮膚冰涼。

冬子看到一個賣蛇糖（麥芽糖）的老頭叫喊著從窗下走過，老頭的喊叫聲抑揚頓挫，很有感染力。麻木的冬子內心彷彿有什麼東西被喚醒。老頭消失在他的視線中，他的眼睛濕了。那蛇糖應該是很甜很甜的吧，而且很黏很有韌性，每次母親給他買蛇糖吃時，就會微笑著慈愛地對他說：「冬子，慢點吃喲，小心把牙拔掉了，牙拔掉了就變成缺牙佬了。」

冬子的心鮮活起來，鮮活的心異常疼痛。

他突然聽到了某種聲音，不禁豎起了耳朵。

樓下的灶房裡彷彿有人在做什麼事情，是有人在刷鍋吧，沙沙的聲音。是誰在刷鍋？

是姐姐？

不對，姐姐去山裡找媽姆了，晚上才能回來。

是爹？

不對，爹從來不下灶房的，他說過，洗衣做飯是女人的活，大男人不能幹這些事情，要他踏進灶房一步，都是十分困難的事情。

難道——

冬子的心一陣狂蹦亂跳。他聞到了一股氣味，那是他熟悉的氣味，那絲絲縷縷淡淡的奶香肆無忌憚地遊進他的鼻孔。冬子是唐鎮最晚斷奶的人，他吃母親的奶吃到六歲，直到六歲時，他回到家裡還會擼開母親的衣服，把頭鑽進母親的懷裡，狼崽子般叼住母親的乳頭，瘋狂地吸著。其實，那時母親已經沒有奶水了，他有時竟然把母親的血給吸出來！

沒錯，這是媽姆的味道，在他的記憶中，母親的味道就是奶香。

是媽姆在灶房裡刷鍋！

她回家了！

冬子的喉頭滑動了一下，一種久違的幸福感衝上了他的顱頂！

「媽姆——」冬子百感交集地呼喊。

冬子連滾帶爬地下了樓梯，當他來到灶房門口時，分明看到了一個熟悉親近的背影，她穿著一件藍色的土布衣裳，頭上包著一塊黑布，和她在那個濃霧的早晨離家時一模一樣的裝束。

冬子熱淚盈眶，深情地喊了聲：「媽姆——」

他正要撲過去，那個背影突然轉了過來。

「啊——」

冬子睜大了眼睛，嘴巴也最大限度地張開。

他竟然看到一張沒有五官的慘白的臉！

一股陰氣撲面而來。冬子頓時覺得有什麼東西迷住了自己的眼睛，他在驚駭中重新睜開眼睛，那人已經無影無蹤了！

冬子哭喊起來：「媽姆——」

沒有人理會他的喊叫。

冬子絕望又恐懼。

門口突然傳來了敲門聲，那敲門聲解救了他。他快步跑過去，打開了家門。一個白色的影子閃了進來。這不是李公公嗎？他怎麼來了？冬子驚愕地看著李公公，「你——」

李公公一手拄著龍頭拐杖，一手拿著一個小紙包。他陰陰地笑了聲說：「冬子，怎麼不歡迎我呀！按輩分，你應該叫我爺爺！」

冬子臉上的淚跡未乾，眼睛裡也還噙著淚水。他對這個不速之客十分警惕，「你來做什麼？」

李公公的目光像蒼蠅般黏在冬子清秀的臉上，「我來看你呀，難道不可以嗎？」

李公公身上的陰氣，讓人在火熱的夏天也會感覺到寒冷。冬子無法想像他身上的陰氣是如何練成的，也無法想像他爲什麼會在老年的時候回到唐鎮，更無法想像他看自己時的目光爲何是如此的神祕莫測。冬子無語，沉默是他對付李公公的武器。

李公公說：「冬子，你爲什麼哭？」

冬子沉默，他沒有必要回答李公公任何一個問題，只是希望這個人趕快離開他家。

李公公看出了冬子的牴觸情緒，輕微地嘆了口氣說：「你爹說你喜歡吃蛇糖，你看，我給你買來了。」

說著，李公公把手中的那個小紙包遞了過來。

冬子沒有接收他的東西，反而把雙手背在了身後。

李公公尷尬地笑了笑，把那小紙包放在飯桌上，然後拄著龍頭拐杖走出了冬子的家門。李公公走到門口，又折了回來。他走到冬子的跟前，呆呆地凝視著冬子。他的手一鬆，龍頭拐杖落在了地上。李公公沒有去撿象徵著威嚴的龍頭拐杖，而是俯下身，伸出顫抖的手，摸冬子的臉。他的手冰涼極了，宛如死人的手，冬子渾身起了雞皮疙瘩，十分害怕。冬子想逃，可來不及了。李公公突然跪了下來，一把把冬子摟在懷裡，喃喃地說著冬子聽不懂的話。冬子聞到他身上散發出腐朽的氣味，難受極了，產生了嘔吐的衝動。李公公突然用嘴去親冬子的臉，冬子大喊了一聲，使勁掙脫，把他推倒在地，瘋了般跑上了閣樓，把門緊緊地關上。

冬子背靠在門板上，一口氣透不上來。

上官文慶獨自坐在橋頭的一塊大石頭上，目光往西邊的山野無限地延伸。他很早就來到這裡，一直到日頭西沉。他的臉上掛著微笑，目光卻充滿了焦慮。遠處的五公嶺上空瀰漫著一股黑氣，就是在這晴朗的秋日，也讓人膽寒。上官文慶在等待一個人。他知道，那人會在太陽落山後經過唐溪上面的小木橋，回到唐鎮。

一個後生崽挑著一擔木柴進入了上官文慶的視線。

這個後生崽叫王海榮，他不是上官文慶要等的人。王海榮長得一表人才，卻因為家窮，討不上老婆。鎮上的人家有點錢的都買柴燒，貧窮人家只能自己上山去砍柴。王海榮渾身被汗水濕透了，走到橋頭時，他把肩上的擔子放了下來，歇歇腳。他朝唐鎮望了望，長長地呼出了一口氣，自言自語道：「過了橋就快到家了！」說完，他瞥了一眼坐在石頭上的上官文慶，心裡瞧不起這個侏儒，儘管他自己也是唐鎮卑微的人，按沈豬嫲的話說，你王海榮長得再英俊，也還是給人家打長工的命。

他來到上官文慶面前，兇巴巴地說：「坐過去一點，那麼小的人，還占著那麼大的一塊石頭。」

上官文慶沒和他一般見識，乖乖地往旁邊挪了挪，給他騰出一個位置。王海榮舒服地坐了下來，用衣袖擦了擦額頭上的汗珠。上官文慶聞到了濃郁的汗臭，他擠了擠鼻子，抽嗒了一下。他的這個動作被王海榮看在了眼裡，王海榮伸手惡狠狠地在他的大頭上拍了一下，「你這個三寸釘，還嫌我身上臭！」上官文慶不急不惱，微笑地說：「王海榮，你打得一點也不痛，你是不是再打一下！」王海榮又把手舉了起來，上官文慶一直微笑地看著他，他舉起的手就垂了下來。

王海榮把腳上的草鞋脫了下來，放在地上，然後把腳掌掰起來，仔細地看著。他的腳底起了幾個血泡。上官文慶也看到了他腳上的血泡，輕聲說：「一定很痛吧？」

王海榮沒好氣地說：「痛不痛關你屌事！」

上官文慶微笑著吐了吐舌頭。

王海榮問他：「你一個人在這裡做什麼？」

上官文慶沒有回答他這個問題，反問道：「你是不是喜歡李紅棠？」

王海榮慌亂地說：「你說什麼？」

上官文慶不再說話，他的目光在通往西邊山野的小路上無限延伸，橘紅色的夕陽照在他的臉上，更加顯得神祕莫測。王海榮捉摸不透他的心思，看看天也不早了，穿上草鞋，站起來，用力地拍了拍屁股，挑起那擔木柴，踏上了顫顫悠悠的小木橋。

就在王海榮走後不久，上官文慶看到一個人從遠處的山腳下走了過來。他站起來，目不轉睛地注視著那個漸漸清晰的身影。

來人就是李紅棠。

在上官文慶心裡，她是唐鎮最美麗的女人，也是這個世界上最美麗的女人，連唱戲的女戲子也沒辦法和她比。

李紅棠是一個人回來的，看來又沒有找到母親。

沒有戲唱的夜晚落寞淒清，唐鎮人很早就關上了家門，吹燈拔蠟，上床消磨秋夜漫長的時光。鐵匠鋪裡的打鐵聲有節奏地隨著夜色漸深越來越響亮。除了胡喜來，唐鎮人都已經習慣了這種噪音。

李紅棠很早地上了床。她上床後不久就進入了夢鄉。

冬子也躺在床上，在黑暗中睜著眼睛。姐姐太累了，他不知道這樣的日子有沒有終點，姐姐如果這樣繼續找下去，總有一天，她會累死在路上，冬子十分擔心。

如果姐姐死了，冬子該怎麼辦？姐姐是他唯一的心靈依靠。

冬子的情緒紛亂。想著姐姐時，腦海裡還會出現那匹白色的紙馬，它在黑暗的天空中飛翔，劃出一道流星般的光芒……不一會，傳來了姐姐的夢囈：「媽姆，媽姆，我看到你了，你不要走那麼快，等等我——」冬子知道姐姐又夢見母親了，他沒有叫醒姐姐，如果叫醒姐姐，那樣很殘忍，姐姐在現實中找不到母親，爲什麼不讓她在夢中看到母親呢？冬子也希望自己能夠在夢中見到母親，無論現實還是夢境，只要見到母親，或者和母親在一起，總歸是美好的，可是冬子怎麼也夢不到母親，在這點上，姐姐要比他幸福，他做的都是噩夢！每天黑夜來臨後，冬子就會莫名其妙地恐慌，害怕噩夢的造訪，這也是他久久不能入睡的原因。

現實和噩夢一樣可怕。

冬子也知道這一點，所以在黑夜來臨後，總感覺有什麼莫測的事情會發生。事實上，夜幕下的唐鎮的確在發生很多隱祕的不爲人知的事情。就在這個深夜，冬子靈醒的耳朵又聽到了輕飄飄的腳步聲。

他用被子蒙住了頭，就這樣，他還是不能抗拒那神祕的腳步聲。他想喚醒姐姐，或者鑽到姐姐香軟溫暖的被窩裡，但他沒有這樣做。

他心裡又恐懼又好奇。

好奇心很快地勝過了恐懼，他躡手躡腳地下了床，來到窗邊。

他悄無聲息地打開了窗門，一股冷風灌進來，害他打了個寒噤。他的目光投向迷濛的小街。小街上有幾個黑乎乎的人影朝興隆巷飄過去。這些神祕人是誰？冬子大氣不敢出一口，怕被這些神祕的黑影發現，眞不敢想像如果被發現會有什麼後果。

徹骨的寒冷從他心底升起。

冬子不禁想起了那個晚上蒙面人抬的長條狀席子緊裹的東西，如果被他們發現，他會不會也被席子裹起來抬走？冬子還想，那些神祕的黑影中，有沒有父親李慈林？他今夜又沒有歸家。

打鐵聲敲擊著冬子的心臟。

那些神祕黑影消失後，冬子想關上窗門，重新回到床上。就在這時，他聽到了另外一種聲音，那是細微的窸窸窣窣的聲音。冬子的心又提了起來，他常常為自己過人的聰敏聽力懊惱，總是會聽到別人聽不見的聲音，這給他帶來了沉重的心理負擔。他聽人說往耳朵裡灌水，不要讓耳朵裡的水出來，耳孔就會爛掉，爛掉後就會聾掉，就聽不到任何聲音了。他希望自己的耳朵聾掉，就把水灌進耳朵，還用棉花塞上，就是這樣，他的耳朵也沒有爛掉，還是能夠敏銳地聽到這個世界上很多細微的聲音。

聽到那窸窸窣窣的聲音後，冬子的目光又好奇地在迷濛的小街上搜尋。

他看到一個黑影把什麼東西放在鐵匠鋪的木板門下面，那個黑影看上去不像是個大人，像個孩子，難道是上官文慶？如果是他，他一次次往返朝鐵匠鋪木板門下堆放的是什麼？他為什麼要這樣做？上官文慶是個古怪的人，冬子怎麼也捉摸不透他的心思。

他聽到了擊打火鐮的聲音。不一會，他就看到了一點火星。

那個孩子就站在鐵匠鋪的門口，注視著那點火星變成了一團火焰。火焰照亮了孩子的臉！冬子心裡驚呼，「怎麼會是他！他為什麼要放火燒鐵匠鋪？」那個孩子看自己堆放在鐵匠鋪木板門下的火草燃燒起來後，就飛快地走了。

他難道不知道如果鐵匠鋪燒起來，可能整條小街的房子都會被大火吞沒，小街上的房子都是緊密相連的。冬子知道這個道理！他大驚失色，不禁大聲喊叫起來：「著火了，打鐵店著火了——」

他的喊叫聲在唐鎮的小街上迴盪。

李紅棠被他的喊叫聲吵醒，趕緊從床上爬起來。她也看到了火。她也和弟弟一起叫喊起來：

「著火了，打鐵店著火了，大家起來救火哇——」

那火很快地被唐鎮人撲滅了。

讓唐鎮人驚訝不解的是，鐵匠鋪外面起了火，裡面的人竟然一點感覺也沒有，他們沒有把店門打開，出來撲火，而是繼續若無其事般在裡面打著鐵。火撲滅後，人們對著那緊閉的木板門，聽著那叮叮噹噹打鐵的聲音，一個個面面相覷。

鐵匠鋪子裡埋藏著一個巨大的祕密！

是誰放的火？

人們的目標很快地轉到了縱火者的身上。如果他們知道是誰放的火，會把他裝進豬籠沉到姑娘潭裡的。縱火的人是十惡不赦，這關乎整個唐鎮人生命和財產的安全。

有人神色嚴峻地問冬子：「你曉得是誰放火的嗎？」

冬子搖了搖頭說：「我沒有看清楚。」

其實他心裡知道縱火者是誰。

他不想說。不想讓那個人死於憤怒的唐鎮人手中。冬子心裡十分明白，如果供出了那個人，那個人一定會死得很難看，他不想看到死人黯淡無光的臉，不想那個人從這個世界消失，這個世界本來就那麼的令人絕望。

胡喜來沒有覺得這天會有什麼不同，心煩意亂的他也沒有注意到小兒子胡天生情緒的變化。昨天晚上，他也去參加了救火，火撲滅後，有人懷疑是他放的火，因爲他曾經在鐵匠鋪門口揚言要一把火燒了鐵匠鋪。他激憤地手指著天，大聲說：「我對著天發誓，如果是我放的火，不要你們動手，我全家都會死光光！」大家相信了他的話，放過了他。回到家裡，躺在床上，打鐵聲還是不停地刺激著他衰弱的神經。他心裡惡狠狠地說，那把火怎麼就不把打鐵店燒了呢！整個晚上，他沒有入眠。

晌午時分，胡喜來在忙著準備中午的食材，胡天生溜出了小食店。

他來到鐵匠鋪的門口，用怨毒的目光注視著緊閉的店門。他想起這些日子裡，父親簡直是發瘋了一般，動不動就發脾氣，打他罵他，這個鐵匠鋪是罪魁禍首，他恨這個鐵匠鋪，恨鐵匠上官清秋。

這時，有個人摸了摸他的頭。

胡天生回過頭，仰起臉，看到一張慘白而粉嫩的臉。

這是李公公的臉。李公公的臉上擠出了慘淡的笑容，他怪里怪氣地說：「孩子，你喜歡吃蛇糖嗎？」

胡天生不像冬子那樣害怕李公公，他像唐鎮很多人一樣，對李公公有種樸素的好感，因爲李公公請大家看了一個月的大戲。那一個月裡，胡天生每天晚上早早地端著矮板凳，到李家大宅外面等待大戲的開唱。他特別崇拜李公公，如果能夠像他那樣，請唐鎮人看戲，住著那麼大的豪華宅子，受著大家的尊敬，過著衣食無憂的日子，那該有多好哇。他甚至想，如果李公公能夠介紹他去做太監，他會欣喜若狂的，一家人也會跟著他享福，他父親胡喜來也不用爲了養家餬口勞心勞肺了。

胡天生也朝李公公笑了笑，「喜歡！」

李公公伸出手，在白袍裡掏了掏，掏出一個小紙包，遞給了胡天生，「孩子，蛇糖就在這裡，你拿去吃吧！」

胡天生接過了小紙包，他的心情頓時有了變化，眼睛裡閃動著快樂的色澤。他仰慕的李公公竟然給他蛇糖，這意味著什麼？平常要想吃一塊蛇糖是多麼困難，他那小氣得出屎的父親絕對不可能給他錢敲蛇糖吃的，每次看到賣蛇糖的老頭在給別人敲蛇糖，他的心都會碎掉。有一次，胡天生實在控制不了自己，偷了父親的一個銅錢去買蛇糖，結果被父親發現了，父親差點把他的屁股打得不會屙屎，疼痛了好幾天。

胡天生手中緊緊攥著小紙包，生怕到手的蛇糖會長出翅膀飛走。他感激地說：「李公公，多謝你！」

李公公摸了摸他的頭，低聲說：「孩子，快找個地方去吃蛇糖吧，不要告訴別人喲，我是專門給你一個人吃的！」

胡天生受寵若驚地點了點頭，然後轉身跑了。

李公公望著胡天生單薄的背影，若有所思，臉部肌肉抽搐了幾下。他看著胡天生跑遠，轉過身，踱著方步，慢悠悠地走去。

胡天生一口氣跑到了鎮東頭的土地廟前。他坐在那棵古樟樹下，小心翼翼地打開了小紙包，紙和蛇糖黏在一起，好不容易弄乾淨黏在蛇糖上的紙屑，他就迫不及待地把蛇糖放進嘴巴裡，使勁地咬一口。蛇糖甜得他心花怒放。

吃了一半，另外一半他捨不得吃了，他想拿回家，讓哥哥也嘗嘗。他心滿意足地站起來，準備回家。突然，他覺得自己的頭有點暈。

他又坐了下來。

這個地方十分幽靜，除他之外，沒有一個人影。胡天生有點恐懼，他想，自己怎麼跑到這個地方來了。這些日子以來，關於游秤砣死亡原因的傳聞他也是知道的。想到游秤砣的死，胡天生呼吸急促，目光驚惶。他想站起來，逃離這個地方，可是他雙腿軟軟的，根本就站不起來。胡天生想喊，喉嚨卻好像被東西堵得嚴嚴實實，怎麼也喊不出來。他的頭越來越暈，越來越沉。胡天生的背靠在樹上，渾身癱軟。

胡天生真希望此時有人經過這裡，發現他後把他帶回家。可沒有一個人能夠把他從這裡帶走。

胡天生閉上了眼睛，沉沉地昏睡過去。

有隻個頭很大的綠螞蚱從古樟樹後面的草叢中蹦出來，一跳一跳地來到了胡天生的面前。綠螞蚱在他面前停了一會，然後跳在了他的身上，不一會，綠螞蚱就不見了蹤影，彷彿融化在胡天生單薄的身上。胡天生沒有見到這隻綠螞蚱，如果他見到，也會嚇昏過去的。唐鎮人對螞蚱十分敬畏，在唐鎮人的心中，螞蚱是死去的人的化身，許多鬼魂會變成螞蚱回到人間。

不知過了多久，胡天生悠悠地醒轉過來。他迷惘地站起來。他的眼中閃爍著迷離的光芒。他喃喃地說：「這是什麼地方呀——」

胡天生發現自己身處一片美麗的草地上，草地上鮮花盛開，他可以聞到花兒的芬芳。他還看到很多的人，他們穿著鮮豔的衣服，唱著胡天生從來沒聽過的歌謠，在草地上嬉戲和舞蹈。這是一個迷人的世界，胡天生的心變得活潑靈動，他想過去和他們一起舞蹈，一起歡歌。可是，當胡天生靠近他們時，他們就會突然消失，不一會又在離他不遠的地方出現。胡天生追逐著那些錦衣華服歡樂的人，自己也無比地歡樂。

他聽到有人在呼喚自己的名字。他十分驚訝，在這個陌生和美好的地方，還有人知道他的名字。他循聲望過去，看到了草地中央有一棵巨大的樹，他從來沒見過這樣的樹，樹上開滿了鮮花，每一朵鮮花都是一張燦爛的笑臉。

呼喚他名字的人是在樹上玩耍的幾個孩子。那幾個孩子朝他揮著手，他們笑逐顏開，「天生，快來呀，快上來呀，上來和我們一起玩，樹上可好玩咧——」

胡天生興高采烈地朝那棵巨大的花樹奔跑過去，所有在草地上跳舞嬉戲的人都給他讓路。他來到了美麗的花樹下，抬頭望了望，失望地說：「這麼高的樹，我怎麼才能爬上去呀？」

樹上的一個孩子笑著說：「很簡單的，你想上來就上來了。」

胡天生喃喃地說：「我多麼想上來和你們一起玩呀！」他說完這句話，就覺得自己的身體像片鴻毛一樣飄了起來。在雙腳離開地面時，他驚叫了一聲。

樹上的孩子們齊聲說：「不要怕呀，你很快就可以飛到樹上來了——」

胡天生穩定了一下緊張的情緒，他的身體宛如風箏，在溫暖的風中放飛起來。這是十分奇妙的感覺，比吃蛇糖還奇妙。胡天生就那樣輕飄飄地飛到了樹上，那些孩子看他上來，紛紛伸出手拉他。

他們在樹上玩了一會，一個孩子說：「我們來玩個遊戲怎麼樣？」

另外一個孩子說：「玩什麼遊戲呀？」

那個孩子笑著說：「我們跳下去，然後再飛上來，看誰飛得快！」

孩子們都拍著手附和道：「好哇，好哇！」

緊接著，他們一個一個跳了下去，這麼高的樹，他們跳下去竟然一點問題也沒有。胡天生不敢跳，這太高了，他著實有些害怕，他不知道自己跳下去會不會摔斷腿，他向來不敢從高處往下跳。

樹下的孩子見他不跳，就鼓勵他說：「跳下來吧，沒事的，你看我們都沒事，就像你剛才飛到樹上去一樣，什麼事情都不會有的，快跳吧——」

胡天生的雙腿在顫抖。

一個男子往唐鎮方向走，路過土地廟時，看到一個孩子高高地站在古樟樹上一根粗枝上，欲往下跳。男子十分吃驚，這個孩子不就是唐鎮胡記小食店老闆胡喜來的小兒子嗎？他跑過去，站在樹下，大聲喊叫道：「孩子，你莫要往下跳哪，會摔死的！」

胡天生彷彿聽不見他的喊叫，迷離的眼神漸漸地變得清澈，惶惑的臉上漸漸地出現快樂的神色。

他張開了雙手，那張開的雙手像是飛鳥的翅膀。

可他不是飛鳥，只是一個孩子，唐鎮一個平凡的有血有肉的孩子。

風呼呼地吹過來。

樹枝在風中搖曳，胡天生的身體也在搖晃。

男子繼續喊叫：「孩子，你千萬不要跳下來呀，孩子，你在上面不要動，我想辦法救你下來，你千萬別動哪——」

第五章

那個男子擔心的事情發生了。

胡天生像隻折斷翅膀的大鳥從高高的古樟樹下墜落下來。男子聽到胡天生肉體撞擊地面發出的沉悶聲響後，呆了。過了好大一會，他才從震驚中清醒過來，撲過去。胡天生面向大地趴在那裡，男子把他單薄的身子翻了過來，看到他七竅流血的臉。男子心裡哀嚎了一聲，「孩子，你怎麼能爬到這棵樹上玩呀！這不是找死嗎，誰敢對這棵樹不敬哪！」

男子馬上抱起胡天生癱軟的身體，朝唐鎮小街狂奔而去。

胡天生死了，他單薄的身體在鄭老郎中中藥鋪子裡的病榻上漸漸冰冷、堅硬，他的口袋裡還裝著那半塊蛇糖。胡天生母親撲在他的屍體上，失聲痛哭，邊哭邊嚎：「細崽哇，你好狠心哇，你狠心地扔下我不管了哇——」他哥哥站在那裡，淚水橫流，渾身顫抖。胡喜來眼中積滿了淚水，可怎麼也落不下來，他面色鐵青，突然衝到鄭老先生的面前，雙手抓住他的衣襟，吼叫道：「你不是神醫嗎，你怎麼不把我兒子救活呀，這是爲什麼，爲什麼——」鄭老郎中臉紅耳赤，上氣不接下氣地說：「你，你，你放開我，放開我，你兒子的死不關我事，我，我，我已經盡力了——」

冬子在閣樓上，看到胡喜來抱著胡天生的屍體回到家中。很多人跟在他的身後，有人說，孩子的屍體不能放在家裡，也不能放在鎮上，得趕快送到山上埋了。胡喜來根本就不理會這些，固執地把兒子的屍體抱回了家。唐鎮有個傳統，沒有上壽，也就是說沒活到六十歲死的人，都是短命鬼，這樣的人死後會變成厲鬼，特別是孩子。所以，唐鎮人是不會把這樣的死人放在家裡停棺的，如果是在家裡死的，應該馬上抬到鎮子外面的山上埋葬；如果是在鎮子外頭死的，連鎮子都不能抬進來。

冬子的頭皮一陣陣發麻，他不想看到的事情還是發生了。他心裡異常清楚，在鐵匠鋪縱火的人就是胡天生。他沒有死於唐鎮人之手，卻莫名其妙地從土地廟門口的古樟樹上掉下來摔死了。

冬子的內心極度寒冷。

冬子甚至想，是不是自己害死了胡天生，這個想法十分奇怪。

冬子更奇怪的是，就在胡天生死後，鐵匠鋪子的打鐵聲停止了。聽不到那打鐵的聲音，冬子心裡有種失落感。打鐵聲消失後，唐鎮小街上充滿了胡天生母親的哀嚎聲。

冬子坐在閣樓上苦思冥想，可什麼問題也想不明白。這時，阿寶踩著嘎吱嘎吱亂響的樓梯走了上來。

阿寶坐在冬子的旁邊，側著臉看了看沉默無言的冬子，他也沒有說話。阿寶總是受冬子的情緒影響，冬子高興，他也會高興；冬子憂傷，他也會憂傷；冬子沉默，他也沉默。

冬子先打破了沉默，「阿寶，你說人死了還會想吃蛇糖嗎？」

阿寶搖了搖頭，「不曉得，我沒有死過。」

冬子說：「是不是也應該給天生送一匹紙馬。」

阿寶不解，「爲什麼？他又不是你舅舅。」

冬子說：「還是應該給他送一匹紙馬，可是我沒錢，駝子大伯不一定會賒給我了。」

阿寶嘆了口氣，「可惜我也沒錢，不然我就借給你。」

冬子說：「媽姆在就好了，我和她要錢，她一定會給我的。」

阿寶說：「阿姐又去找你媽姆了？」

冬子點了點頭，「不曉得什麼時候才能找到。」

阿寶安慰他：「會找到的，冬子，你媽姆一定會回來的。我昨天晚上做夢也夢見你媽姆歸家了，還帶了很多山上的野果回來，你還叫我過來一起吃，那野果水靈靈的，很甜！」

冬子說：「眞的？」

阿寶點了點頭，「眞的，好甜！」

冬子吞嚥了一口口水，「我怎麼就夢不到媽姆呢？」

阿寶無法回答冬子這個問題，就像他不知道胡天生爲什麼會死一樣。他話鋒一轉，「冬子，剛才胡喜來到我家來了。他求我爹給天生做一口棺材，我爹說他從來沒有打過棺材，讓他去羊牯村找專門打造棺材的洪師傅，他說太遠了，來不及了。我爹很爲難，不知怎麼辦。想不到，胡喜來給我爹跪下了，他哭著說，花多少錢都行，哪怕傾家蕩產，他也要給天生做一副棺材，把他好好地安葬了。你曉得我爹是個實在人，他也很傷感，答應給天生打一副小棺材。」

冬子說：「胡喜來是個小氣得出屎的人呀！」

阿寶說：「是呀，我也想不通。」

冬子又沉默了，自從母親失蹤，他沒有像今天一樣和阿寶說這麼多話。不一會，他站起來，下樓，朝門外走去，阿寶屁顛屁顛地跟在他後面。冬子來到李駝子的壽店門口，停住了腳步。

李駝子正在店裡用竹片紮著什麼，背對著店門，他們看不清李駝子的後腦勺，看到的是他背上那個巨大的肉瘤。冬子覺得奇怪，一直擺滿紙人紙馬紙房子的壽店裡空空蕩蕩的，那些東西都跑哪裡去了呢？

李駝子背上那個沉重的肉瘤上好像長了眼睛，他說話的聲音從店裡傳出來，「是冬子吧，你是不是想要個紙馬送給天生呀？」

冬子奇怪李駝子怎麼知道自己的心思。

「你們回去吧，店裡的紙人紙馬都被胡喜來買走了。胡喜來還是真捨得花錢！我在唐鎮開店這麼多年，沒見過誰給短命死的人買那麼多壽品的，胡喜來是第一人。他是真的心疼天生的哇！可憐的天生，怎麼說沒就沒了呢！對了，你們莫要到胡家看熱鬧，你們還小，離死人遠點。」

冬子聽到胡天生母親的哭嚎，他想，如果自己死了，父親李慈林會這樣對待他嗎？

這是個古怪的問題。

胡天生在家裡停了兩天，才入土安葬。安葬他的那天，是個陰天，風颳得猛烈，除了他家裡人，沒有其他人去送葬，唐鎮人怕染上兇煞之氣。胡喜來一家把胡天生安葬後，唐鎮人並沒有因此而平靜，他們膽怯的心被胡天生的死攪得忐忑不安。那天早上，在臭氣薰天的尿屎巷裡傳出了這樣一個說法：胡天生和游秤砣一樣，是冒犯了神靈而死的，土地爺和土地娘娘已經震怒了，不會放過一個對他們不敬的唐鎮人。本來是庇護當地百姓的土地神，現在卻一次次懲罰當地子民，這無疑讓唐鎮人極度恐慌。

上官清秋的鐵匠鋪在胡天生安葬的這天上午重新開了門。不見他的兩個徒弟，他獨自一人坐在店裡的竹靠椅上抽水煙，手中端著的是個嶄新的黃銅水煙壺，臉上呈現漠然的神色。兩個徒弟都是他的女婿，他很放心把自己的手藝傳給他們，本來他要把手藝傳給兒子上官文慶的，沒想到兒子是個侏儒，手無縛雞之力，如何打鐵。他死也不明白，爲什麼會弄出上官文慶這樣一個怪東西，難道是上輩子造了孽。想起上官文慶，他心裡就特別不舒服，所以他乾脆不想了，甚至連見也不想見兒子。上官文慶似乎也有自知之明，總是躲著滿臉漆黑的父親。上官清秋把兩個女婿當成了自己的兒子，繼承他的衣缽，這兩個女婿讓他很滿意，活幹得漂亮，做人也忠厚老實。

鐵匠鋪重新開門，在唐鎮也算一件大事，不亞於胡天生死的大事。消息很快地在唐鎮風傳，不一會就傳遍了唐鎮的每個角落。鐵匠鋪在唐鎮人的生活中有著重要的位置，全鎮人使用的鐵器都來自上官清秋的鐵匠鋪，他一下子關門那麼久，唐鎮人怎麼能夠習慣得了。聽說鐵匠鋪又開張了，許多人都來看，有人是來看看是不是眞的，有人是想買點需要的東西。

上官清秋一鍋煙還沒有吸完，就被紛紛趕來的人們吵鬧得不得安寧。

有人說：「上官鐵匠，有人說你死了呢，那麼長時間也不開店門。」

上官清秋呵呵笑了，「我要死了還能在這裡和你說話？是誰吃得太飽了，瞎嚼舌頭？」

那人說：「好像是沈豬嫲講的。」

上官清秋說：「沈豬嫲的話你也信？她讓你去吃屎你也去吃？」

那人說：「這倒是，她的話還眞是不能信。上官鐵匠，你手上的水煙壺不錯呀，花了不少錢買的吧？」

上官清秋又呵呵地笑了，「哦，這個水煙壺呀，是李公公送的，聽說是從京城裡帶回來的，你看看，上好的黃銅打造的，不錯吧！」

那人說：「嘖嘖，還眞是好東西！李公公能送你這麼好的貨色，李公公眞看得起你喲！」

上官清秋得意地說：「那當然，那當然，你不要瞧不起我這個黑烏烏的打鐵匠，在李公公眼裡，我也是塊寶咧！」

又有人說：「上官鐵匠，這段時間，你關著店面，沒日沒夜地打鐵，到底在幹什麼呀？」

上官清秋很吃驚的樣子，「你說什麼？」

「你難道沒有聽清楚？我說這些日子你關起店門來，沒日沒夜打鐵呀，到底在做什麼？」

「有這事嗎？這段時間我不在唐鎮呀，我帶著兩個徒弟到外地去了，外地的一個朋友有一批活要趕，人手不夠，讓我們去幫忙，我們怎麼可能在店裡打鐵呢？」

「那出鬼了，全鎮人都可以作證的，大家都聽到了從你店裡傳出的打鐵聲音，白天還好，到了晚上，打鐵的聲音很響的，吵死人了，特別是胡喜來，都快被你打鐵的聲音逼瘋了！」

「沒有的事情，沒有的事情，那眞的可能出鬼了。」

上官清秋死活不認他們這些日子閉門打鐵的事情，唐鎮人覺得十分蹊蹺。

如果真的不是出鬼了，那麼，上官清秋一定是在說謊，他在欲蓋彌彰。他為什麼要說謊？這是一個謎，這裡面一定有不可告人的祕密！

埋葬完兒子的胡喜來回到了鎮街上，他看到了鐵匠鋪店門大開，還圍了不少人。他面容悲戚地經過鐵匠鋪門口時，停了下來。有人發現了這個可憐的人，輕輕地說了一聲，「胡喜來來了！」

大家的目光轉向了他。

上官清秋的目光和胡喜來的目光相碰，鐵匠的目光慌亂地避開，顯得有些尷尬。胡喜來卻瞪著他，眼睛裡噴出悲傷和憤怒交織的火焰。此時的上官清秋在他眼裡，是個十惡不赦的怪物。胡喜來已經在心裡殺死了他上千次上萬次，這些日子，他不止一次想過，如果見到上官清秋，他要給他一點教訓！現在他面對著上官清秋，許久以來的折磨和喪子之痛令他血脈僨張，他朝上官清秋緩緩地走過去，每走出一步，他的身體就顫抖一下。人們紛紛閃開，心驚肉跳地等待著什麼，沒有人上前勸阻胡喜來。

上官清秋的眼皮跳了跳，他心裡說：「是福不是禍，是禍躲不過！」他把手上鋥亮的黃銅水煙壺放在一邊，朝胡喜來迎過去，站在了鐵匠鋪門口，「喜來老弟，看上去，你的火氣很大呀！」

上官清秋個子很高，雖說沒有李慈林那樣粗壯，卻也是唐鎮數一數二的大力之人，如果光比力氣，李慈林也不一定是他的對手，就算他現在五十多歲的人了，很多年輕人也沒有他這樣的氣力，就是他的兩個徒弟，和他也沒法比。胡喜來沒有說話，一步一步朝上官清秋逼過來，離他只有一步之遙時，上官清秋伸出長長的雙手，擋在了胡喜來的面前，「喜來老弟，你給我站住！你說說看，我那裡有對不住你的地方？」

胡喜來停住了上前的腳步，他的臉脹得通紅，渾身顫抖，牙咬得嘎嘎作響，一聲不吭，只是用仇恨的目光瞪著上官清秋，他在用目光殺死上官清秋。

有人說：「鐵匠，你沒日沒夜閉門打鐵，吵著胡喜來了！胡喜來的兒子也死了，他不找你找誰呀！」

上官清秋雙眼炯炯有神地注視著胡喜來，只要胡喜來敢輕舉妄動，自己就會出手，但是在胡喜來沒有動手之前，他是絕對不會先出手的，這也是他一生做人的原則，人不犯我，我不犯人。上官清秋接上那人的話茬：「我說過，這些日子我帶著兩個徒弟出遠門去了，根本就不在唐鎮，如果在唐鎮，我們是不會在晚上打鐵的，我們也是人，難道不要睏覺？況且，我們在唐鎮也沒有那麼多活要幹，照你們說的那樣，我早發大財了。喜來老弟，你也是個明白人，你說說，我講的在不在理？我現在才知道天生歿了，我心裡也很難過，天生是個好孩子呀！」

說完，上官清秋用粗糙的手背抹了抹眼睛。

人越圍越多。

這時，傳來陰陽怪氣的聲音，「你們這是在幹什麼呀——」

大家知道，是李公公來了。果然，李公公拄著龍頭拐杖走了過來。人們給李公公讓開了一條道，都用崇敬的目光和獻媚的表情迎接李公公。上官清秋見李公公來到他和胡喜來的面前，便朝李公公微微彎了彎腰說：「李公公，你老人家也來了！」

李公公笑笑，「沒事出來走走，見此處喧譁，就過來瞧瞧。到底發生了什麼事情？」

上官清秋說：「沒什麼大事，只是喜來老弟太悲傷了，有點想不開。」

李公公臉上的笑容消失了，換上了一副悲天憫人的面孔，「喜來哪，天生走了，的確讓人心疼哪！可這不能怪清秋，不是他害死天生的，對不對？如果是清秋害死天生，我也會爲你作主的！問題是，天生的死和清秋沒有一點關係，你找清秋，是不是沒有道理？我作爲一個長者，比你們多吃幾年的米穀，也比你們多些見識，我想說說公道話，鄉里鄉親的，抬頭不見低頭見，和爲貴哪！你們說，對不對？」

胡喜來無語。

上官清秋連聲說：「公公說得在理，在理！」

很多人私下裡說：「李公公眞是見過世面的人，說的話句句都有道理。」

人越圍越多，裡三層外三層的，李公公成了中心，上官清秋和胡喜來的中心位置很快就被轉換了。李公公自從回到唐鎮，第一次面對如此眾多的唐鎮人說話，也就是說，他第一次在唐鎮的非正式集會場合，面對唐鎮百姓發表自己的觀點。看到越來越多的人，李公公難掩內心的激動，他內心的激動只能從他的眼神中表現出來，他臉上還是一副悲天憫人的神色，大聲地說：「今天，老夫藉著這個機會，和大家說一件事，也就是關於土地廟的事情。大家想想，在短短的時間裡，土地廟那邊就出了許多事情，游武師的死和土地廟有關，天生也是從老樟樹上摔下來的，這給我們全鎮人敲響了警鐘哪！爲什麼會這樣呢？大家心裡和老夫一樣明白，土地爺和土地娘娘怪罪我們了，這樣下去，還不知道會發生什麼大事情呢！老夫有個提議，不知當不當說？」

有人大聲說：「李公公，你說吧，我們聽著呢！」

李公公清了清嗓子，環顧了一下四周，繼續說：「天生走後，老夫茶不飲飯不思，夜不能寐，老夫爲唐鎮擔心哪！我想了良久，決定重新修建土地廟，也給土地爺和土地娘娘重塑金身，以求土地爺和土地娘娘的原諒，庇護我們唐鎮人平安！」

大家交頭接耳，小聲地議論紛紛。

主要議論的話題就是，修土地廟要花很大的一筆錢，這筆錢由誰出？

李公公看出了大家的心思，他說：「大家靜靜，聽老夫把話說完。」

大家安靜下來。

李公公清了清嗓子說：「大家不要擔心錢的問題，重建土地廟的全部費用有老夫來承擔，造福桑梓的事情，老夫責無旁貸！希望得到大家支持，老夫出錢，大家出力！」

圍觀者中有人大喊：「李公公萬歲！」

大家發現，喊話的人是李騷牯。李騷牯用手捅了捅旁邊的兩個男子，那兩個男子也呼喊道：「李公公萬歲！」

有些人跟著喊：「李公公萬歲！」

也有人喊：「李公公好人哪，是我們唐鎮的活菩薩哇！李公公回到家鄉來，就是為了讓我們過上好日子的，難得呀！」

李公公眼睛裡流露出興奮的光芒，他揮了揮手，示意大家靜下來，他還有話要說。場面又平靜了，李公公向大家作了個揖，大聲說：「謝謝父老鄉親的抬愛，萬歲不敢亂說的，傳出去，要殺頭的！老夫只是盡一份綿薄之力，無足掛齒！另外，老夫有個不情之請，請求大家以後不要叫我李公公了，現在不是在京城，也不是在宮裡，這樣叫著不合適，老夫心裡也不舒服，大家還是叫我順德吧，順德這個名字是老夫的爺爺給我起的，叫起來也算順口，大家以後就叫我順德吧！老夫在此感謝鄉親們了！」

李騷牯又帶頭喊道：「順德公萬歲！」

李公出錢重新修建土地廟，這件事情沖淡了人們對鐵匠鋪關門的日夜裡傳出打鐵聲的疑問，也沖淡了胡喜來對上官清秋的仇恨，胡天生死了再也不能復活，日子還得繼續過下去，無論是溫暖還是寒冷，況且，鐵匠鋪晚上已經不會再有打鐵的聲音傳出了，胡喜來心安了許多。

土地廟在光緒二十九年十月的一個吉日開始重新修建，這一天是唐鎮人的大日子。

修建土地廟的這天，唐鎮人一大早就拿著三牲供品，到土地廟去燒香照燭，虔誠祭拜。李紅棠也帶著冬子到土地廟去祭拜，她跪在土地爺和土地娘娘的泥塑前，祈禱自己儘快找到母親。祭拜完後，她又踏上了尋找母親的道路。

李紅棠走後，冬子覺得肚子隱隱作痛，就到尿屎巷裡去屙屎。他剛剛找個茅坑蹲下來，就聽到隔壁的茅坑裡有人在說話。

「你曉得李公公重修土地廟是爲了什麼嗎？」

冬子清楚，這是沈豬嫲的聲音。

「不曉得呀，你說說看。」

「我告訴你，你可不要傳出去呀！」

「好，我不會傳出去，你講。」

「李公公重修土地廟是爲了他自己，聽人說呀，李公公沒兒沒女，上一輩子造了惡，今生才會當太監，這個閹人也不曉得哪裡來的那麼多錢，他留著那麼多錢也沒用，生不帶來死不帶去，拿錢出來重新修建土地廟，是爲自己積德呀，是爲了讓土地爺庇佑他來生不要再當太監！」

「你聽誰說的？」

「你不要管我聽誰說的，反正這事八九不離十。」

「你小心喲，不要亂說了，被人聽到，對你不利的，人家李公公好心爲大家辦事，你卻背後說人家壞話！」

「你怎麼能這樣說我，我哪裡說李公公的壞話了，我說的是事實。」

「事實個鬼呀，你說的話有幾句是眞的，當時，你不是說上官清秋死了嗎，是鬼魂在打鐵店裡打鐵的嗎，現在上官清秋回來了，也把店門打開了，你還怎麼說？」

「這——」

「所以呀，做人要積點口德，亂說話是要遭報應的！」

沈豬嬤屙完屎走出了茅房，重重地關上了茅房的木板門。沈豬嬤的木屐聲嘎噠嘎噠消失後，冬子隱隱約約感覺到沈豬嬤要發生什麼不妙的事情。冬子這兩天的肚子不好，他想了老半天，不知道是因爲什麼。那天，李公公留下來的蛇糖，他一直沒吃，把它藏在了一個姐姐發現不了的地方。昨天上午，他想起了那塊蛇糖，突然覺得特別饞，就取出了那個小紙包。他已經打不開那個小紙包了，蛇糖和紙已經完全黏在一起了。他把上面能夠撕掉的紙努力地撕掉，在撕紙的過程中，冬子拚命地嚥著口水，最後，他連紙帶糖放進了嘴巴裡。吃完那塊蛇糖，冬子感覺到自己變了一個人，突然對李公公產生了某種好感，並不是那麼討厭他了，但他的潛意識裡還是對李公公有懷疑和恐懼。可是到了下午，他的肚子就開始隱隱作痛，老是想著要上茅房。他蹲在茅坑上面，怎麼使勁也屙不出屎來。

冬子十分難受。

冬子蹲了很長時間，憋得面紅耳赤，還是屙不出屎來。他只好作罷，用乾稻草擦了擦屁股，就站起來，提上了褲子。他還沒有繫上褲帶，就聽到有吵吵嚷嚷的聲音從街上傳過來。

又出什麼事了？

好奇心使得冬子的心其癢無比，他以最快的速度衝出了臭氣薰天的尿屎巷。

沈豬嫲果然出事了，她披頭散髮，被五花大綁，一隻腳還蹬著木屐，一隻腳光著，她喊叫著，被幾個余姓族人押著，穿過悠長的小街，朝鎮東頭走去。他們後面跟著很多看熱鬧的人，冬子也跟在後面，心裡忐忑不安。

阿寶在人流中穿來穿去，看到了冬子頎長的身影，喊叫道：「冬子——」冬子回過頭發現了阿寶，阿寶跑過來，冬子伸出手拉住了阿寶的手。阿寶說：「冬子，你的手好涼哇！」冬子沒有理會他的話，拉著他的手跟在人群後面，往鎮東頭走去。

土地廟門前的那片空地上聚集了很多人，廟門口的台階上站著幾個面色冷峻的老者，冬子知道，他們是唐鎮幾個大姓氏的族長，一般鎮裡有什麼重要的事情，他們都會在一起商量解決。余姓的族長見沈豬嫲被押到，往前跨了半步，威嚴地喊道：「把沈豬嫲帶上來！」

沈豬嫲掙扎著大聲喊道：「我犯了什麼罪，你們綁我，我到底犯了什麼罪——」她賴在地上，耍潑。圍觀者對著她指指點點，冬子突然覺得沈豬嫲特別可憐。

幾個人把她拖起來，押上台階時，她腳上的那隻木屐也掉了。她站在台階上，對余姓族長怒目而視，「老族長，你講講，我到底犯了什麼罪，你讓我死也死個明白！」

余姓族長用低沉的聲音斷喝：「住嘴，敗壞門楣的蠢女人！」

沈豬嫲渾身的肥肉亂顫，喊叫道：「我問你，我到底犯了什麼罪，你們這樣對待我，冤枉哇！」

余姓族長說：「你死到臨頭了，還不知道自己錯在哪裡，可惡呀！你身為余姓人家的媳婦，不好好相夫教子，成天利用你一張臭嘴，造謠生事，實在可恨！今天我們幾個族長都來了，各姓人也在場，我就是要當著大家的面，給你一個教訓，也給大家一個教訓，話是不能亂說的！沈豬嬤，我問你，你在尿屎巷的茅房裡說了什麼？」

沈豬嬤說：「我什麼也沒說！冤枉呀——」

冬子納悶，為什麼不一會工夫，沈豬嬤的話就傳到了余姓族長的耳朵裡。他聽到一個女人輕聲說：「我可沒有傳話呀！」冬子循聲而去，發現這就是在尿屎巷茅房裡和沈豬嬤說話的那個人。

余姓族長厲聲說：「沈豬嬤，你還嘴硬，不思悔改！來人，給我打，把她的臭嘴打爛！」

一個男子手上拿著一隻骯髒的爛草鞋走到沈豬嬤的面前，不由分說地用爛草鞋在她嘴巴上抽打起來。沈豬嬤發出痛苦的哀嚎，她越是嚎叫，男子抽打得就越狠。

男子抽打沈豬嬤時，余姓族長大聲說：「眾所周知，順德公為人良善，有公德心，回到家鄉後，給大家做了很多好事，現在又為了全鎮贏得土地神靈的庇護，出資重建土地廟，功德無量哇！可是，我們余家出了個惡婦，無事生非，竟然污蔑我們大家尊敬的順德公是圖謀私利，如此黑心黑肺之人，不但該打，裝進豬籠裡沉潭也不為過！」

有人悄悄地問：「誰是順德公？」

「就是李公公呀，以後可不能叫他李公公了，應該叫他順德公。」

「哦——」

冬子發現陽光下有許多細小的血線在飛舞，那是從被打得稀爛的沈豬嬤的嘴巴裡噴射出來的血線。冬子聞到了血腥味，他出生十二年來，從來沒有像今年一樣如此密集地聞到血腥味，他突然想到了中秋節晚上的那個噩夢，那滿河的血水使他不禁渾身戰慄。

沈豬嫲滿臉是血，已經不成人形，像是個稀爛的番茄。

余狗子領著兩個孩子悽惶地趕來，兩個孩子見到面目全非的母親，嚇得哇哇大哭，孩子驚恐的哭聲揪著冬子的心。他的手和阿寶的手緊緊攥在一起，阿寶膽子小，一直低著頭看自己的腳尖，不敢正視沈豬嫲血肉模糊的臉，今日的陽光也異常刺眼。

男子還在不停地抽打著沈豬嫲的嘴巴，手上的那隻破草鞋也染滿了鮮紅的血。

余狗子把兩個孩子帶到余姓族長的面前，對孩子們說：「快跪下，求太公開恩，別再打了。」

兩個孩子哭著跪下了。

余狗子也不顧一切地跪在地上，邊磕頭邊說：「余太公，你看在我和孩子的面上，饒了豬嫲吧，她再也不敢亂說話了！」

兩個孩子也學著父親的樣子，邊磕頭邊哭著說：「太公，你饒了媽姆吧，媽姆要是死了，我們可怎麼辦呀！」

余姓族長長長地嘆了口氣。

但是他什麼話也沒有說。

這時，有人說：「順德公來了！」

冬子回過頭，看到李公公拄著龍頭拐杖，面色陰沉地匆匆而來，他的身後跟著李慈林和李騷牯。李公公今天穿的不是白色袍子，而是黃色袍子，黃色袍子穿在他身上，更顯威嚴。而李慈林和李騷牯兩人穿的是黑色的衣服，他們的腰間還挎著腰刀。冬子第一次見到父親跟在李公公的身後，他的心格登了一下，感覺有什麼重大的事情將要在未來的日子裡發生。

李公公走上了台階，對還在抽打沈豬嫲的男子斷喝道：「住手！」

男子停止了抽打。沈豬嫲血紅的眼珠子迷茫地望著李公公，有千萬個李公公在她的眼睛裡重疊，她喉嚨裡咕嚕了一聲，吐出了一口鮮血，嘰嘰咕咕地說出一串誰也聽不懂的話。

李公公把跪在地上的余狗子父子挨個扶了起來，然後對著余姓族長作了個揖，顫聲說：「余太公，老夫在此有禮了！老夫懇請太公放過這個可憐的婦人吧，我的聲名不重要，人命關天哇！太公高抬貴手，放了這個可憐的婦人吧！」

余姓族長咳嗽了一聲，嗓音洪亮說：「大家都看到了，聽到了，順德公是如此仁義，他有一副菩薩心腸哪！」然後，他把臉轉向瑟瑟發抖的余狗子，「看在順德公的面子上，就饒了這個惡婦，你把她帶回去吧，你要好好教訓自己的老婆，下次再犯事，就沒有人保她了！」

……

也就是在這天，冬子在入夜後沒有等到姐姐回家。他焦慮又恐懼，姐姐會不會出什麼問題，姐姐要是也失蹤了，那該如何是好。冬子希望父親今夜能夠回家，父親知道姐姐沒有回來，也許會帶人去找姐姐。夜深了，冬子還是沒有等到父親和姐姐回家。他心情焦慮到了極點，按捺不住，跑到阿寶的家門口，握緊小拳頭，在杉木門上使勁擂動。

張發強打開了門，看到了朦朧月光下的冬子，睡眼惺忪地問：「冬子，你不好好睏覺，大半夜的敲門做什麼？」

冬子焦急地說：「阿姐到現在也沒有歸家，往常時，天一擦黑就歸家了，可是今天到現在也沒有歸家，阿姐不知道會怎麼樣。阿姐——」

說著，他的眼淚就流了出來。

張發強摸了摸他的頭，「冬子，莫哭！你爹呢？」

冬子哭著說：「爹也沒有歸家，他總是不歸家的，也不曉得在什麼地方。爹是不會管阿姐的，阿姐死了他也不會管的，他好像不要我們了，不要這個家了，嗚嗚——」

張發強說：「冬子，你莫哭，我們會想辦法的，你阿姐是個好姑娘，我們不會不管的！你先在這裡等著，我一會就出來！」

張發強的話在某種程度上安慰了冬子，他的心情稍微平靜了些。不一會，他聽到張發強在裡面說：「阿寶，聽話，好好在家睏覺，不要出來！」張發強舉著火把走出了門。阿寶被他媽媽攏住了，他也想和父親一起去找李紅棠。張發強關上了門，問冬子：「你曉得紅棠到哪裡去了嗎？」冬子說：「她一直在西面山裡找媽姆。」

張發強說：「我明白了，冬子，你回家睏覺，我們會把你阿姐找回來的。」

冬子說：「我要和你們一起去！」

張發強說：「冬子聽話，晚上山路不好走，你去的話，我們還要照顧你，會影響我們找你阿姐的！你是希望我們儘快找到你阿姐呢，還是要拖我們的後腿，耽誤找你阿姐？快歸家去，在家裡好好等著你阿姐歸來。」

冬子無奈，只好回到了家裡。他關上門，並沒有上樓，而是把眼睛貼在門縫裡，觀察街上的動靜。

張發強沿街叫了十幾個青壯漢子，他們舉著火把，朝小鎮西頭走去。等他們走出一段路後，冬子才出門，悄悄地跟在他們的後面。他們走得飛快，出了鎮子，很快就走過了唐溪上的小木橋，一直朝西邊的山野奔去。

朦朧的月光中，天在降霜。風肆無忌憚地在原野上鼓盪，像有許多厲鬼在呼號。刺骨的冷，冬子不禁打著哆嗦。他小心翼翼地走過晃晃悠悠的小木橋，發現自己和張發強他們遠遠地拉開了距離，他聽到張發強他們的喊聲隨風傳過來，「紅棠，你在哪裡——」

「紅棠，你在哪裡——」

他們的喊聲越來越渺茫，冬子離他們越來越遠。冬子瘋狂地追趕，但他那兩條小腿豈能追得上大人們強健的腳步。不一會工夫，冬子就聽不到他們的喊叫聲了，也看不見遠處那影影綽綽的火把了。冬子知道，他們已經進山了。原野頓時一片死寂，呼嘯的風聲也停止了，他可以感覺到霜花從天上肅殺地降落產生的細微聲音。

小路邊枯黃的草葉間蒙上了一層薄薄的白霜。

冬子奔跑著，無論他如何奔跑，也追不上他們。可他還是不停地奔跑，跑得心臟都要破胸而出。

突然，他的腳被什麼東西絆了一下，身體往前一傾，撲倒在路上。他的嘴啃到了泥巴，嘴唇被擦破了，火辣辣地痛，他艱難地從地上爬起來，發覺膝蓋也疼痛不已，他伸手摸了摸，褲子膝蓋的部位擦破了，他還摸到膝蓋上滲出的黏黏液體，那是血！這時，烏雲把月亮遮住了，大地一片漆黑，伸手不見五指。冬子腦袋嗡的一聲，他心裡哀綿地叫了一聲：「完了！」

冬子看不清腳下的道路通向何方，他無法追趕上張發強他們。冬子站在黑暗中，不知所措，進退兩難。黑暗和寒冷無情地擠壓著他的身體，他的牙關打顫，渾身哆嗦，不一會，他就已經忘記自己身處何方了。黑漆漆的夜色中，彷彿有許多孤魂野鬼朝他圍攏過來，那些孤魂野鬼都朝他伸出乾枯的手……冬子有種將要窒息的溺水感覺。

無邊無際的黑暗和恐懼迫使他大聲喊出來：「阿姐，阿姐，救救我——」

沒有人聽到他的喊叫。

他的喊叫聲也無法撕破濃郁的黑暗，無法驅趕胡天胡地的孤魂野鬼。這是光緒二十九年十月的一個夜晚，偏遠山區小鎮的一個孩子絕望泣血的喊叫，「阿姐，阿姐，救救我——」

他不知道自己的姐姐此時在何方，是不是也在黑暗和恐懼中等待救助。

冬子後悔沒有聽張發強的話留在家裡，可現在後悔已經來不及了。

絕望中，冬子聽到有蒼涼的聲音傳來，「請跟我來，請跟我來——」

那聲音十分陌生。

冬子判斷不出是誰的呼喚，陌生的聲音不斷傳來，離他越來越近，冬子心裡越來越害怕，恐懼到每一根骨頭的縫裡。他在黑暗中無處躲藏，兩腿像灌了鉛一樣，沉重得邁不動步伐。

他驚駭得連哭都哭不出來了，也喊不出聲了。

冬子在黑暗中矮下身，蹲了下去。他心存一絲幻想：自己蹲在這裡不動，等張發強他們找到姐姐回來路過這裡時，一定會發現自己的，會把自己安全地帶回家。

「請跟我來，請跟我來——」

那蒼涼的聲音漸漸地靠近了他。

似乎有個人就站在他的面前，他伸手就可以抓住那人的衣衫，甚至可以聽到那人的呼吸。

「你是誰——」

冬子站起來，驚惶地叫道。

沒有人回答他這個問題。

冬子聽到有人在他的耳邊吹了一口氣，冰涼的氣，接著輕輕說：「請跟我來，請跟我來——」

冬子喊道：「不，不要，我不要跟你走——」

可是他身不由己地邁開了步子，鬼使神差地朝黑暗中的某個地方深一腳淺一腳地走去。

不知走了多久，他的腳步不自覺地停了下來。

他始終覺得那人就在跟前，在左右著他。

冬子顫抖地說：「你到底是誰？這是什麼地方？」

還是沒有人回答他。

他聽到的只是沉重的呼吸，彷彿是一個將要斷氣的人沉重的呼吸。冬子陷入了巨大的困境中，無力自拔。此時，他的父親母親姐姐都離他十分遙遠，不可企及，他只有在極度的恐懼中服從呼吸者的安排，不管是要他死還是讓他活，他沒有選擇的餘地。

突然，冬子看到了亮光。

那是月亮突破雲層透出的亮光，儘管朦朦朧朧，畢竟可以讓他看清眼前的東西。他環顧了一下四周，卻空無一人，連呼吸聲也消失了。這是什麼地方？這是野草叢生的一個低窪地，不遠處就是汩汩流淌的唐溪，而且這裡離姑娘潭也不遠，他還聽到了唐溪流水的聲音。

這是野草灘？平常很少人來的野草灘？傳說姑娘潭裡淹亡的鬼魂聚集的地方？

朦朧的月色讓冬子更加恐懼。

他怎麼會到這個地方來？

冬子的目光落在了身前的一個坑上。這的確是個坑，儘管上面貼著枯黃的草皮，還是可以看出被什麼刨過，有新鮮的黃土裸露。他還聞到了一股惡臭，令人作嘔的惡臭。冬子的目光落在那裸露新鮮的黃土上面，土裡露出了一小片席子，他彷彿接到了某個神祕的指令，走近前，蹲了下來，顧不得那惡臭的侵蝕，伸出手拉扯了一下那席子。

席子已經腐敗，十分脆弱，一塊席子被他提了起來。他看到了席子下面的東西，頓時慘叫一聲，口吐白沫，昏死過去。

冬子看到的是一隻腐爛發黑的人的腳掌。

冬子感覺到了溫暖，一口氣悠悠地吐出來，睜開了眼睛。他看到了一張熟悉的臉，滿是鬍茬的熟悉的臉，這是父親李慈林的臉，在飄搖如豆的油燈下，冬子看清了父親的臉。他躺在父親的懷抱裡，一種久違的幸福感從心頭湧起，漫向全身。父親有多長時間沒有這樣抱著他了？冬子已經記不起來了。父親血紅的眼睛凝視著他，輕聲說：「孩子，你醒了。」冬子從父親血紅的眼睛裡發現了難得的溫情和父愛，他的淚水湧出了眼眶，以前，父親是這樣的，可爲什麼這些日子以來，父親變成了另外一個人呢，冷漠而殘忍。冬子需要的是充滿父愛和溫情的父親，而不是冷漠殘忍的父親。

冬子動情地喊了一聲：「爹——」

李慈林說：「傻孩子，哭什麼，我又沒死，等我死了，你再哭。」

冬子說：「爹，你不會死的！」

李慈林說：「人都會死的，沒有不會死的人。」

冬子把頭靠在父親寬闊的胸膛上，聽到了父親打鼓般的心跳。

李慈林說：「孩子，以後不要一個人去野草灘了，那裡不乾淨，今夜要不是碰巧有人路過那裡，你就沒命了！」

冬子猛然想起了那腐爛發黑的人的腳掌，也想起了中秋節夜裡被蒙面人抬出唐鎮的被席子裹住的長條形東西，眼中呈現出驚惶的色澤。李慈林發現了他情緒的變化，摟緊了兒子，說：「孩子，你不要怕，你在野草灘看到的是死豬的腳，你不曉得嗎，鎮上誰家的豬發瘟死了，都抬到野草灘去埋的。以後不要到那個地方去了，聽話！」冬子奇怪地想，自己分明看到的是腐爛發黑的人的腳掌，怎麼會是死豬的腳呢？

冬子突然想起了什麼，叫了聲，「阿姐——」

李慈林的身體顫抖了一下。

冬子從父親的懷裡掙脫開來，大聲地說：「爹，阿姐呢，阿姐還沒歸家——」

第六章

天亮之後，張發強帶著去找李紅棠的人回到了唐鎮，他們沒有帶回李紅棠。李慈林也派李騷牯帶人去找李紅棠，他們也無功而返。冬子卻在這個清晨發起了高燒，躺在床上說著胡話，不停地喊著姐姐母親。李慈林請來了鄭士林老郎中，鄭老郎中替冬子看完病，平靜地對李慈林說：「冬子是受了風寒和驚嚇，不要緊的，開三服藥吃吃就好了。」

李慈林在鄭老郎中的中藥鋪點完藥回家，李騷牯的老婆王海花已經在他家裡照料冬子了，她把一條濕布帕貼在冬子滾燙的額頭上，還用小布條，在碗裡蘸上水，一點一點地抹在冬子起泡的嘴唇上。李慈林交代她把藥熬了，給冬子餵下，吃完湯藥後，給他捂住被子發汗。王海花低聲說：「我明白了，你放心去做事吧。」李慈林臨走時還說：「海花，冬子就交給你了，拜託了！」臉黃肌瘦的王海花笑笑，「你趕快走吧，一家人莫說兩家話。」

李慈林神色匆匆地走了，王海花不清楚他去幹什麼，只知道他和自己的丈夫李騷牯一起在做詭祕的事情，王海花問過丈夫一次，結果遭來一頓痛打，她就再也不敢問了，她像唐鎮大多數的女人那樣，逆來順受，吃苦耐勞。

李慈林走後，張發強帶著阿寶來看冬子。

張發強看著高燒昏糊中的冬子，嘆了口氣：「可憐的細崽！」

阿寶無言地拉著冬子滾燙的手，眼眶裡積滿了淚水。

張發強問王海花：「李慈林怎麼不在家照顧冬子呢？」

王海花搖了搖頭，「我也不曉得。」

張發強嘆了口氣，「這個傢伙，成天不曉得做什麼鬼事，連家也不要了。你說說，四娣失蹤了，紅棠也不知去向，現在冬子又病了，他難道就一點責任也沒有？還不聞不問的，你說他這一家之主是怎麼當的！我眞是想不明白，有什麼事情比家更重要的呢？」

王海花苦笑了一下，「苦的是孩子哪！」

張發強摸了摸冬子的額頭，「還很燙呀，要不快退燒，腦袋燒壞就麻煩了。」

王海花說：「在熬藥呢，等他喝完湯藥，發了汗，也許燒就退了。」

張發強對阿寶說：「你回去把家裡剩下的那點紅糖拿過來，藥湯苦，放些紅糖好喝些。」

阿寶答應了一聲，抹了抹眼睛，下樓去了。

如果說游四娣在那個濃霧的早晨失蹤，沒有在唐鎮人心中引起多大的震動，那麼李紅棠的不知去向則在唐鎮引起了軒然大波。鎮街上的人議論紛紛。說什麼的都有。有人說，李紅棠找到了游四娣，便和她在一起，不回來了。有人說，李紅棠一個人進山，碰到西山裡的大老虎，被吃得連一根骨頭也沒有剩下。又有人說，李紅棠到了情竇初開的年齡，和一個外鄉男子私奔了，永遠也不會回唐鎮來了。

唐鎮人還對李慈林說三道四，說他在外面有了相好的，根本就不管那個家了……

鐵匠鋪的上官清秋聽到有人在他面前說起這些事情，邊吸著水煙邊說：「你可不要亂說，小心李慈林一刀劈了你！」

那人說：「他敢！難道沒有王法了！」

上官清秋神祕地笑笑，「那你有膽量到他面前說去，你試試看，我說的話有沒有道理！什麼是王法呀？你說給我聽聽。」

那人聽不明白他的話，搖搖頭走了。

上官清秋咕嚕嚕吸了一口水煙，自言自語道：「唐鎮的天要變了哪！」

就在這時，他老婆朱月娘氣喘噓噓地跑過來，神色慌張地說：「文慶不見了！」

上官清秋瞪著眼睛說：「你說什麼？」

朱月娘淚光漣漣，「文慶不見了，一天都沒歸家吃飯，昨天晚上也一夜未歸。」

上官清秋平常是不回家住的，就住在鐵匠鋪裡，主要原因還是不想見到侏儒兒子，他只要看到上官文慶，就怒從心上起，惡向膽邊生！此時，他聽說那個鬼怪兒子不見了，呵呵笑了一聲，「不見了好哇，好哇！」

朱月娘和丈夫不一樣，她特別心疼兒子，無論如何，兒子是她身上掉下來的肉。兒子不見了，她豈能不失魂落魄！朱月娘痛苦地說：「你這個老鐵客子，心好狠哪！好歹他也是你的兒子，你就這樣惡毒地待他，你曉得他有多可憐嗎？我明白地告訴你，如果文慶有個三長兩短，我也不想活了，你就到姑娘潭裡去撈我的屍體吧！」

朱月娘的話說得十分決絕，說完就頭也不回地走了。

上官清秋咬了咬牙說：「老蛇嫲，威脅我！」

他還是動了惻隱之心，馬上對正在打鐵的兩個徒弟說：「你們先別幹了，快和你們的丈母娘去找文慶吧！」

兩個徒弟十分聽話，放下手中的活計就走出店門，朝氣呼呼的朱月娘追了過去。

上官清秋又咬了咬牙，自言自語道：「這個孽障會跑哪裡去呢？我前生前世真的是欠了他的債！他這輩子就是來討債的！」

李紅棠迷路了。

她不知怎麼就走進了黑森林。黑森林裡面藏著多大的兇險？她不知道。可唐鎮方圓幾十里的人，對黑森林談虎色變，從來沒聽說過，誰敢貿然闖進黑森林！她闖進黑森林時，也根本不知道這陰森森的地方就是傳說中的黑森林，不久之後，她才意識到自己進入了彌漫著死亡氣息的黑森林。李紅棠是在回唐鎮時，走錯了路，誤入黑森林的。她闖入黑森林後，就找不到出口了，天也暗黑下來。

關於黑森林的許多鬼怪傳說，在天黑後浮現在李紅棠的腦海。傳說很久以前，先民到唐鎮開基創業時，和當地的土著人勢不兩立，相互打殺了好多年，那是殘酷的殺戮，不是你死就是我活。先民用鋒利的刀劍把土著人幾乎殺光，最終把殘餘的土著人趕進了黑森林。在此之前，就是土著人也不敢貿然進入黑森林，在他們眼裡，黑森林是被惡魔詛咒過的地方，誰進入了黑森林，就不一定能走出來，就是走出來，也非瘋即殘。就連一些山裡的猛獸，也不敢輕易進入黑森林，黑森林同樣會讓闖入的猛獸屍骨無存。傳說只有蛇可以自由進出黑森林，而從黑森林裡遊出的蛇都劇毒無比，傷人必亡！先民殘忍地把土著人趕進黑森林後，就團團地把黑森林圍住，只要有土著人衝出來，就用箭將其射殺。把殘餘的土著人圍困在黑森林的那些日子裡，先民們無論白天黑夜，都能聽到土著人從黑森林裡傳出的慘叫和哀號。先民不清楚土著人在黑森林裡遭遇了什麼滅頂之災，他們只知道爲數不多的從黑森林裡掙扎著逃出來的土著人渾身潰爛，不成人形，被射殺後，流出來的血都是黑色的，慘不忍睹。多少年來，在深夜時，黑森林裡還經常傳出淒厲的呼號，令人毛骨悚然。

李紅棠在黑暗中迷失了自己。她想起那恐怖的傳說，驚恐萬狀，聲音也喑啞了，想喊也喊不出來。

這是初冬時節的黑森林，寒冷隨著夜霧在森林裡漫起。李紅棠瑟瑟發抖，她就是乾枯的枝頭一枚將要凍僵的野果。

起初是一片死寂。

李紅棠蜷縮在一棵巨大的松樹下，睜大雙眼，卻什麼也看不見，就是有什麼東西站在她的面前，她也發現不了。在極度的恐懼中，李紅棠突然想，母親會不會也誤入黑森林了？母親是不是在黑森林裡屍骨無存了？想到這裡，李紅棠的心一陣陣地抽緊，她喊不出聲，像是被一隻看不見的手扼住了喉管。可她感覺到自己的淚流在面頰上，冰冷冰冷的。

漸漸地，起風了。風彷彿從地獄深處緩緩地吹過來，夾帶著一種濃郁的腥臭。

風越來越大，越來越猛烈。

整個黑森林裡飛沙走石，有些乾枯的樹枝飛落在李紅棠的頭臉上和身體上，被抽打得火辣辣的痛，她用雙手抱住了頭，把臉埋進自己的大腿間。她面對這個狂風四起的黑暗世界無能爲力！她只能承受，承受一切苦痛和恐懼，承受命運帶來的傷害和災厄。

狂風頃刻間靜止下來。黑森林裡恢復了死寂。這種死寂比狂風更加可怖，也比惡鬼淒厲的呼號還要恐怖，寂靜中隱藏著更大的危險。李紅棠豎起耳朵，擔心有什麼可怕的聲音會突然出現。果然，她聽到一種細微的聲音隱隱約約地傳來，並且越來越響，李紅棠感覺到像是什麼東西滑過了枯葉。是不是有條神祕的毒蛇朝她遊來？李紅棠和弟弟李冬子不一樣，從小就害怕蛇，有時，只要想到蛇滑溜溜的樣子，雙腿就會僵硬得走不動路，呼吸就會急促；要是在田野裡勞作時見到蛇溜過，她還會嚇得大聲尖叫，好長時間緩不過神來。而且，傳說中黑森林裡的蛇也是受過惡魔詛咒的，這更讓李紅棠心驚膽戰。

那聲音越來越近，在初冬的黑森林之夜壓迫著李紅棠脆弱的心臟。李紅棠的身體瑟瑟發抖，驚恐地閉上了眼睛。

李紅棠想，自己就是被毒蛇吞噬，也不要看到毒蛇醜惡的樣子，她忘記了在黑暗中，就是睜大雙眼，也看不清森林中的任何東西，哪怕是樹上飄落的一片枯葉。

那聲音靠近了她，在她的跟前停住了。

李紅棠心裡哀叫道：「媽姆，女兒再也見不到你了；冬子，阿姐再也不能和你在一起了；爹——」

滿臉是冰冷淚水的李紅棠覺得自己就要死了。死亡的繩索緊緊地捆住了她虛弱的身體，此時，她無法向親人告別，所有的親人離她異常遙遠，窮盡她所有的精力也無法企及，這是多麼絕望的事情呀，李紅棠是天下最可憐最無助最悲傷最恐懼的女子！

突然，她聽到一個人怯弱的說話聲：「紅棠，你抬起頭，睜開眼，看看我，好嗎？」

不可能，這裡除了她自己不可能還有活著的人。這是毒蛇的聲音，牠在模仿人的聲音，企圖讓她在死前看到牠猙獰的樣子，毒蛇用心何其險惡呀！李紅棠心想，你要把我吃掉就吃掉吧，爲什麼要如此殘忍呢，在我死前還想讓我看到你恐怖的模樣？

「紅棠，你難道聽不出我的聲音來了嗎？」說話聲還是那麼怯弱。

李紅棠心裡突然想到了一個人，她不相信他此時會出現在她面前。毒蛇是在模仿他的聲音？毒蛇難道見過他，聽到過他的聲音？這簡直是不可思議的事情，李紅棠還是不敢抬起頭，不敢睜開眼睛。

「紅棠，我是文慶呀——」

那聲音粗壯起來，像是憋足了勁。

李紅棠的胸脯起伏著，一顆心狂奔亂跳。她聽出了上官文慶的聲音，她希望眞的是他，可是，他怎麼會到這個地方來呢？李紅棠又驚又喜，豁出去了，反正一死，怎麼也要看看說話聲到底出自上官文慶之嘴，還是毒蛇之口。李紅棠猛地抬起頭，睜開了那雙秀美的眼睛。

她看到的果眞是上官文慶，他的手上還舉著一根點燃的松枝。

上官文慶的臉上還是那熟悉的微笑。這種微笑讓人覺得他從來沒有過痛苦和仇恨。

李紅棠抹了抹臉上冰冷的淚水，悲喜交加地說：「文慶，你怎麼會在這裡？」

上官文慶坐在了她面前，臉上掠過一絲羞澀，「我說出來，你可不要罵我，好不好？」

李紅棠陰霾的心漸漸晴朗開來，「我怎麼會罵你呢，要不是你來，我不知道會怎麼樣，能夠在這裡見到你，是我的福氣！你儘管說吧！我保證不會罵你的，文慶，你說吧！」

上官文慶無疑是她的救星，是她絕望中的希望和心靈的依靠，她心裡對他充滿了感激之情。

上官文慶說：「其實，這些日子我都偷偷地跟著你，你走到哪裡我跟到哪裡，我不敢讓你知道，怕你罵我。你一個人到處尋找你媽姆，我也很感動，如果我媽姆走了，找不到了，我不會像你這樣不依不饒去尋找的。你是唐鎮最讓我尊敬的女子，我怕你一個人出來會出什麼事情，就跟著你，如果你眞出什麼事情了，最起碼我可以知道你的情況，可以回唐鎮報信，讓你爹帶人來救你，我知道我保護不了你，我沒有那個能力！今天一早，你出了鎮子後，我就跟在你後面，傍晚時，我看你走進了這片森林，我也跟進來了。沒想到森林裡的天那麼快就黑了，還颳那麼大的風。颳風時，我就在附近守著你！說實話，我也嚇得要死，我還擔心你會出什麼問題，那樣的話，我會難過一輩子。風停了，我就摸索著找到了一根乾枯的松枝，這根松枝上還有松香，我聞得出來。你知道嗎，我每天出來，身上都帶著火鐮，我家的火鐮是最好的，是我爹親手打造的。我用火鐮打著了火，點燃了松枝，就來到了你面前。看到你沒有出什麼事情，才把心放了下來，我很擔心你，紅棠！」

聽完上官文慶的話，李紅棠的眼淚又流淌出來，她不能不感動。在唐鎮，沒有一個男子對她如此關心，儘管很多後生崽暗戀美貌的她，可他們迫於李慈林的威嚴，誰也不敢接近她，向她表白心跡，更不敢像上官文慶這樣長時間地跟著她。

李紅棠哽咽地說：「你爲什麼要這樣做？」

上官文慶沒有說話，只是朝她微笑。

李紅棠說：「你這樣很危險的，你要出了什麼麻煩，你媽姆會哭死的，她是那麼疼你。」

上官文慶把手中的松枝遞給她，「你拿著在這裡坐著，千萬不要離開，我去去就來！」

李紅棠緊張了，「你要到哪裡去？」

上官文慶微笑著說：「放心，我不會拋下你的，我想，今天晚上我們是沒有辦法走出去了，只有等天亮了再做打算。我去找些乾柴過來，生一堆火，這樣我們就不會凍死，森林裡如果有野獸，牠們看到火光，就不敢過來了。有時，我一個人寂寞難熬，到山上去過夜，就是這樣做的。」

李紅棠說：「我和你一起去！」

上官文慶說：「不用你去，你給我好好在這裡坐著，我是男人，膽子比較大，這樣比較安全，你千萬不要動，否則我回來找不到你就麻煩了！」

她聽從了這個侏儒男人的話，坐在那裡一動也不動，彷彿吃了一顆定心丸。

上官文慶一次一次地往返，巨大的松樹下漸漸堆起了一座乾柴的小山。他生了一堆火，不時地往火堆裡添著乾柴。火光照亮了他們的臉。上官文慶的臉上還是掛著微笑，好像那微笑是刻上去的，永遠不會消失。李紅棠蒼白的臉被火光映得通紅，她的眸子波光粼粼。上官文慶在火堆邊鋪上了一些乾草，對她說：「紅棠，你累了，睡吧，我守著你。」

李紅棠說：「這——」

上官文慶說：「你放心睡吧，不會有事的，等天亮後，我們就出去。」

李紅棠說：「你呢？」

上官文慶說：「我看著火，火滅了會凍死人的。你就安心睡吧，不要管我了，你忘了，我是唐鎮的活神仙哪，鬼見了我也要怕三分，我三天三夜不睏覺也沒事的，快睡吧，紅棠。」

李紅棠默默地躺在了乾草上面。

受過驚嚇和一天勞累的李紅棠很快地在鬆軟的乾草上面沉睡過去，溫暖的火和上官文慶給了她巨大的安全感，在這個夜晚，上官文慶是她最值得信任的人，就是在這個晚上死在上官文慶的手中，她也心甘情願。

柴火燃燒發出劈劈叭叭的聲響，李紅棠在睡夢中不停地呼喚：「媽姆，媽姆——」

森林深處彷彿有許許多多鬼魅的眼睛在注視著他們，上官文慶其實也膽戰心驚。

他坐在李紅棠的身邊，伸出自己的小手，放在她攤開的手掌上，感覺到一股暖流傳遍全身，李紅棠的體溫給了他力量和勇氣。上官文慶凝視著李紅棠憔悴的臉，喃喃地說：「紅棠，難為你了——」

他看到了李紅棠頭上的白髮，嘴唇顫抖著，眼睛濕了。他這種痛楚的表情，常人根本是見不到的。

在唐鎮人的眼睛裡，上官文慶永遠是個快樂的小侏儒。

他脫下自己身上的外衣，輕輕地蓋在了李紅棠起伏的胸脯上。

天蒙蒙亮的時候，上官文慶聽到了清脆如玉的鳥鳴。他往火堆裡添上一些乾柴，從李紅棠的身邊離開，走到火堆的另一邊，胡亂地躺下。他也睏了，睏得不行了，該睡一會了。

李紅棠醒來時，看到燃燒的溫暖的火，還有火堆另一邊呼呼沉睡的上官文慶……她手中拿著上官文慶的那件小衣服，百感交集！

當陽光從樹縫裡漏下來時，她還不能斷定自己和上官文慶是否安全了，毒瘴瀰漫的黑森林還是令人恐懼。

又一天過去了，李紅棠和上官文慶還是沒有回到唐鎮，朱月娘在家裡不停地哭泣，眼睛都快哭瞎了，她的兩個女婿還在四處不停地尋找，兩個女兒陪在她身邊，安慰著她。

冬子的燒竟然還沒有退。王海花和阿寶他們萬分焦慮。鄭老郎中也束手無策。這樣下去，冬子就是不死，也會燒成癡呆。李慈林也煩躁不安，認爲兒子一定是碰到鬼了。

李慈林請來了唐鎮的王巫婆，到家裡驅鬼。王巫婆披頭散髮地拿著桃木劍在他家樓上樓下不停地作法，結果還是沒用，冬子照樣躺在眠床上昏迷不醒，身體燒得像炭火一般。

入夜，李慈林早早地回到了家，讓王海花回去，自己守在兒子的身邊。李慈林端詳著昏迷中的兒子，擔心他會夭亡，這不是他想看到的。他心如刀割，痛苦萬分，「細崽，爹對不住你哪！」此時，他鐵石般的心腸變得柔軟。冬子是他這一生唯一的希望，如果冬子就此夭亡，他做的一切都失去了意義。

他的眼前浮現出這樣的情景：一個孩子站在寒風中瑟瑟發抖，眼中的淚已經流乾了。地上躺著一具男人的屍體，屍體的頭破爛不堪，血肉模糊。那是孩子的父親，自從孩子母親早死後，他們父子就相依爲命。孩子怎麼也沒有想到，一場橫禍會降臨到他們頭上。事情的起因就是因爲一條番薯，孩子在那個深秋的午後，潛入本姓大戶人家李時淮的番薯地裡，偷挖了一條番薯。孩子在溪水裡洗乾淨番薯，就坐在溪邊的草地上啃了起來。番薯是紅心的，很甜，汁水又多，孩子吃得津津有味。因爲家貧，他總是吃不飽飯，紅心地瓜讓他找到了塡飽肚子的辦法。很快地啃完那條番薯，孩子覺得肚子還是餓，他又潛入了那片番薯地裡。他剛剛挖出一條番薯，就被人捉住了，那人是李時淮家的長工，長工大喝道：「小賊，你狗膽包天，竟敢在這裡偷番薯。」孩子掙脫了長工，在田野上沒命地跑。長工在後面拚命地追。最後，長工追上了他，一腳把他踹倒在地，他哇哇大哭起來。

有人看到了這一幕，去給孩子的父親報了信。孩子的父親趕過來，用鋤頭把長工打跑了。孩子父親訓斥孩子：「你怎麼能夠偷人家的東西呢？打死你也活該！」孩子哭著說：「爹，我餓！」父親說：「餓死也不能偷，記住沒有？」孩子點了點頭，「記住了，我再也不敢了！」父親說：「下次再發生這樣的事情，把你的手指頭剁了！」就在這時，他們看到一夥人氣勢洶洶地奔過來，他們的手上都操著傢伙。父親見此情景，知道事情不妙，趕緊對孩子說：「快跑，跑得遠遠的！」孩子倔強地說：「我不走！」父親朝他吼叫道：「快跑！你在這裡等死呀！」孩子扭頭就跑。李時淮帶著一夥人衝到父親面前，他指著父親說：「打狗也得看主人面！你家細崽偷了東西不說，竟然還動手打我的人，你吃了狗屎了！」父親想要辯解什麼，話還沒有說出口，李時淮就喝令手下的人：「給我打，往死裡打！」孩子跑出了一段路，覺得不對勁，擔心父親會出什麼事情，停住了腳步，回過身。他呆呆地站在那裡，張大了嘴巴。那是陽光下的一次謀殺。父親被打倒在地，鋤頭棍棒還不停地砸在他的頭上、身上。父親如一隻死狗，躺在地上……那幫人揚長而去後，孩子叫喊著，朝父親撲了過去。父親的頭臉被砸爛了，血肉模糊，嘴巴裡大口大口地吐著血。孩子跪在父親面前，哭喊著：「爹，爹——」父親顫抖地伸出手，抓住了孩子的衣服，斷斷續續地說：「細，細崽，你，你要，要記，記住，不，不要，再，再偷，偷別，別人的——」父親話還沒有說完，就嚥了氣。孩子知道，這是一場蓄謀已久的謀殺，就是因爲他們家的一塊好地。在此之前，李時淮找過父親好幾次，要把那塊好地買去，父親沒有答應。果然，在父親死後不久，那塊地就被李時淮霸去了……這個孩子就是童年的李慈林。他心底一直埋著仇恨，儘管收養他的王富貴和師父游老武師一直勸戒他忘掉那段仇恨，但他怎麼能夠忘記，那可是殺父之仇哇！多年來，他一直不露聲色，期待著報仇的那一天。游老武師死後，他就動了報仇的念頭。是妻子游四娣勸住了他。游四娣說：「他們家有錢有勢，你武功再好，也鬥不過他的，你也該爲了我們著想，安安穩穩過日子！」李慈林知道有錢能使鬼推磨，仇人有錢扔出去，就有大群的人爲他賣命，自己雙拳難敵四手，到時損了自己性命不說，還連累了家人，只好又把仇恨埋在了心底。李公公出現後，他看到了報仇的希望……

李慈林嘆了口氣。

他眼前浮現出一場大火，大火把那幢老房子呑沒，無辜的人在火海中哀號……李慈林渾身顫抖，面對著昏迷不醒的兒子，他訥訥地說：「我不想要你的命，不想，可是，可是我收不住手了，收不住了……難道這是報應，報應嗎？」不一會，他的眼睛變得血紅，「不，不，我要報仇，報仇！誰也不能阻止我報仇！我要錢，我要勢！我要……」

李慈林又想起了那個已經蒼老不堪的仇人李時淮。自從李慈林跟了李公公後，李時淮明顯感覺威脅，儘管李慈林不動聲色。他已經拿李慈林沒有辦法了，他找過李慈林，要把那塊好地還給他，還答應賠他一些銀子。李慈林不亢不卑地拒絕了他。李慈林心裡說：「老鬼，到時，我不光要你所有的家產，還要你全家的命！」

就在這時，有人敲門。

李慈林下樓開了門，進來的是王海花。

李慈林說：「海花，辛苦你了，你要照顧好冬子，我出去辦事了。」

王海花說：「大哥放心去吧，我會照看好冬子的。」

李慈林出了門，消失在夜色之中。

遠處傳來幾聲狗吠。

因爲冬子的事情，唐鎮人大爲驚駭，他們都認爲有厲鬼進入了唐鎮，人心惶惶。

就在這天晚上，唐鎮發生了一件更加令人人心惶惶的事情。

深夜，唐鎮靜得像一座墳墓。幾個黑影從鎮東頭晃進了鎮街。

一條土狗發現了這幾個黑影，狂吠起來，一個黑影把手中的鋼刀朝土狗晃了晃，土狗嗚咽了一聲，驚恐地扭頭狂奔而去。那幾個黑影來到了青花巷大戶人家朱銀山的宅子門口，他們輕輕地用刀尖撥開了朱家宅子大門的門閂，悄無聲息地潛了進去……

有人聽到了一聲女人淒厲的慘叫。

那人沒有在意，天亮後，才知道朱家出事了。

朱家大門洞開，在清晨的冽風中，有血腥味從朱家飄出來。第一個進入朱家的人是王海榮，他到朱家來打短工。王海榮發現朱銀山一家老小被捆綁在廳堂裡，他們的嘴巴塞滿了布絮。王海榮大驚失色，連聲叫道：「老爺，老爺，出啥事了？」朱家的人滿目驚恐，面如土色。只有朱銀山老頭子相對比較鎮靜，他不停地用眼神示意王海榮拿掉嘴巴裡的布絮，王海榮按他的意思做了。朱銀山喘了口氣說：「海榮，快給我鬆綁！」王海榮就解開了綁住他的繩索，朱銀山抖落身上的繩索，不顧一切地朝偏房衝過去。

王海榮沒有跟過去，而是給其他人鬆綁。

不一會，王海榮聽到了朱銀山殺豬般的嚎叫。

王海榮趕緊走過去，他站在偏房門口呆了。

朱銀山抱著渾身是血的小老婆嚎叫著，老淚縱橫。床上和地上流滿了血，那血已經凝固。

朱銀山對王海榮說：「趕快報官！」

王海榮說：「老爺，到哪裡報？到縣衙去？那可要走上百十里山路，就是報了官，縣衙的老爺還能管我們這山旮旯裡的事情？以前有人到縣衙裡報過案，從來沒有人來解決問題，還不都是我們唐鎮人自己解決。老爺，你看？」

朱銀山又說：「那你趕快去把李慈林找來！」

王海榮答應了一聲，狂奔而去。

他一路走一路喊叫：「朱銀山家出人命啦，朱銀山家出人命啦——」

人們聽了王海榮的喊叫，驚駭不已，有人就往朱家跑。

王海榮來到李慈林的家門口，猛地敲起了門，「開門，開門！」

門開了，開門的不是李慈林，而是他的姐姐王海花。王海花疲憊的模樣，她一夜都沒合眼，守著高燒的冬子。王海花說：「海榮，你火急火燎的，出什麼事情了？」

王海榮上氣不接下氣地說：「阿姐，不好了，朱銀山家遭搶了，他的小老婆也被人殺了！」

王海花張大了嘴巴，「啊——」

王海榮繼續說：「李慈林呢？朱銀山讓我來找他！」

王海花說：「他昨夜出去後就沒有歸家，我也不曉得他在哪裡，這些天，他和你姐夫神鬼兮兮的不曉得在做什麼！他還託我照看冬子呢，冬子病成這樣，他都不上心，好像冬子不是他兒子。你去李公公，不，是順德公那裡看看，也許他在順德公那裡。」

王海榮匆匆走了。

王海花看著弟弟的背影，若有所思。

王海榮剛剛來到興隆巷的巷子口，看到李慈林和李騷牯帶著幾個人跑過來。王海榮神色倉惶地說：「慈林叔，朱銀山家出事了，他讓我來找你，你趕快去吧！」李慈林滿臉肅殺，粗聲粗氣地說：「我曉得了，這不就是去朱家嘛！」

據朱銀山說，這個夜晚，他宿在小老婆的房間裡。半夜時分，他的脖子冰涼冰涼的，睜開眼，發現房間裡的油燈點亮了，一把鋒利雪亮的鋼刀架在了他的脖子上，兩個蒙面黑衣人站在床前，他小老婆被捆著，縮在床的一角。蒙面人低聲說：「老狗，起來！」朱銀山的心沉入了冰窟，他知道大事不好，只好戰戰兢兢地從雕花的眠床上爬起來，那冰冷的刀鋒一直貼著他的脖子，他只要輕舉妄動，刀就會把他的脖子切斷。蒙面人說：「老狗，我們不要你的命，只求你的財，你只要把你的金銀財寶拿出來，就饒你一條狗命！否則，非但砍了你，把你全家老小也殺光！」朱銀山顫抖著說：「好漢，饒命！我沒有什麼金銀財寶，穀倉裡有滿滿的一倉穀子，你們挑走吧！」蒙面人手一用力，刀鋒壓進了朱銀山的皮膚，癢絲絲麻酥酥的，朱銀山感覺到了危險。這時，縮在床角發抖的小老婆說：「老爺，你就把東西給他們吧，命要緊哪！」蒙面人邪惡地瞥了小老婆一眼，冷笑著說：「還是小娘子明事理，老狗，你放老實點，不要耍什麼花招！」朱銀山無奈，只好說：「好漢，你跟我來吧！」朱銀山就渾身篩糠似地往房門外走去。一個蒙面人跟在了他的身後，刀還是架在他的脖子上。另外一個蒙面人留在了房間裡，他冒著火的目光落在了小老婆美貌的粉臉上……朱銀山帶著蒙面人去他的主臥房取東西時，發現全家老小被捆綁在廳堂裡，還有幾個蒙面人持刀站在那裡。朱銀山從臥房的祕櫃中取出一個雕花的黑漆小箱子交給蒙面人，蒙面人打開一看，裡面都是金銀珠寶，他的眼睛頓時閃光。蒙面人把朱銀山綁在了廳堂裡，就在這時，朱銀山聽到偏房裡傳來一聲淒厲的慘叫，他心裡像被插進了一把鋼刀，痛暈過去……他醒過來不久，就見王海榮進來。

李慈林聽完朱銀山的講述，眉頭緊鎖，「你聽得出那些人的口音嗎？」

朱銀山驚魂未定，「聽不出來。」

李慈林又問：「你看得出來他們的模樣嗎？」

朱銀山說：「我怎麼看得出來，他們的頭臉都用黑布包裹住了，就露出兩隻眼睛。」

李慈林對李騷牯說：「騷牯，你去偏房裡檢查一下，看看有沒有劫匪留下來的物件。」

李騷牯的眼神慌亂地說：「好的。」

李騷牯進入偏房後，李慈林嘆了口氣說：「看來順德公還是有先見之明哪！」

朱銀山問道：「什麼先見之明？」

李慈林說：「順德公回唐鎮不久就說過，外面天下紛亂，難得唐鎮如此安寧，可這安寧能夠維持多久，誰也說不清呀！順德公早就預料到外界的亂世還是會波及唐鎮的。現在問題眞的來了，我想一定是外面的流寇進入唐鎮山區了，我們不能不防呀！」

朱銀山說：「慈林老弟，那可如何是好哇！」

李慈林說：「你是朱姓人家的族長，這兩天，順德公會召集你們這些族長商量對策。在還沒有形成決議前，我會找人負責保護大家的安全。」

朱銀山說：「唐鎮也數你功夫好，你可是要擔起重任哪！」

李慈林說：「這個你放心，事已至此，我責無旁貸！」

朱銀山老淚縱橫，「慈林老弟，你可要給我們報仇哇！」

李慈林咬著牙，惡狠狠地說：「抓到那些劫匪，我一定會將他們碎屍萬段！」

縱使陽光可以從樹縫裡漏落下斑駁的光影，黑森林裡還是陰森可怖，時不時還會飄出腥臭難聞的氣味，那是腐爛的氣味。李紅棠聞到那種氣味就想吐，她強忍著不讓自己吐出來，和上官文慶一起在黑森林裡尋找出口。有上官文慶在，她心中有了依靠，也就不像剛剛闖入黑森林時那麼恐懼，但心裡還是焦慮不安。

上官文慶手上拿著一根樹枝，在前面探著路，森林裡厚厚地鋪滿了落葉，落葉下面隱藏著什麼，他們一無所知。上官文慶每探尋幾步，就回頭微笑地對李紅棠說：「沒事，走吧！」

李紅棠心裡著實感動，這個在唐鎮被人冷眼相看的侏儒，對她竟然無微不至。她餓了，上官文慶就去森林裡尋找一些野果給她充饑，她冷了，他就燃起火堆，給她取暖……還給她講很多很多她沒有聽說過的稀奇古怪的事情，給她解悶。李紅棠弄不明白，小小的他心裡包藏了多少不爲人知的東西，無法想像他的心靈世界有多大。

上官文慶突然喊了一聲：「紅棠，你別過來！」

李紅棠心裡顫抖了一下，停住了腳步。

此時，天上的陽光彷彿被烏雲遮住了，黑森林昏暗下來。上官文慶像是踩在一團爛泥潭裡，他的雙腿被什麼吸住了，慢慢地陷了下去。李紅棠清楚地看到，上官文慶的腳下冒出了烏黑糜爛的泡泡，有氤氳的氣體絲絲縷縷地升起。李紅棠也聞到了腥臭難聞的氣味她當下的感覺就是，上官文慶陷入森林裡的沼澤了，因爲上面覆蓋了厚厚的落葉，他沒有能夠看清，也因爲他的力氣如孩童一般，就是用樹枝戳也戳不穿那厚厚的樹葉子，他踏上去就陷進去了。李紅棠還知道，那氤氳的氣體就是瘴氣，有毒的瘴氣。

李紅棠大駭，這可如何是好？上官文慶要是被那爛泥潭吞噬，就再也回不到唐鎮了，他那矮小的肉身也會和枯葉一樣腐爛，屍骨無存。

上官文慶驚恐地睜大眼睛，嘴巴也張得很大。

他使勁地掙扎，越掙扎就陷得越深，爛泥潭裡還發出嘰嘰咕咕的聲響，像是惡鬼的冷笑。

李紅棠大聲喊道：「文慶，你不要動，千萬不要動！」

上官文慶急促地喘息著說：「紅棠，救我，救我——」

他臉上的微笑消失得無影無蹤。

李紅棠不知所措，她就那樣茫然地看著上官文慶一點一點地陷落。他的手不停地揮舞著，「紅棠，救我，救我——」

李紅棠有生以來第一次見到上官文慶流淚，他的眼淚在李紅棠眼前的空間飛舞，她心如刀割，這個以前和她從來沒有任何關係的人，一下子和她拉得那麼近，她的心被這個可憐的生命擊中，疼痛不已。

李紅棠也淚流滿面，顫抖地說：「文慶，你不要動，千萬不要動，我想辦法救你！」

李紅棠朝他試探著走過去，她想拉住他的手，把他從毒瘴彌漫的臭泥淖裡拖出來。就在她小心翼翼地邁開步子時，上官文慶大喊道：「紅棠，你不要過來，你不要過來——」

李紅棠含著淚說：「我要把你救出來，我不能看著你死！」

上官文慶動情地說：「紅棠，你不要過來，你要是也陷進來了，你也會死的，我不要你和我一起死，不要——」

李紅棠說：「我管不了那麼多了！」

上官文慶突然想到了什麼，他說：「紅棠，你不能過來，危險！其實，你不用過來也可以救我的，你去找根長點的樹枝，伸過來給我，我抓住它，看能不能把我拉出去。如果拉不出去，就算了。」

上官文慶的語調十分淒涼，他的話提醒了李紅棠。

她想，自己笨死了，怎麼沒有想到這個辦法呢。於是，她就去尋找樹枝。好不容易尋找到一根比較長比較結實的樹枝，跑回來時，上官文慶已經陷得很深了，爛污的泥漿已經快埋到他的脖子了，他的雙手高高舉起，臉憋成醬紫色，眼睛艱難地突出來，他就剩下最後一口氣了。

李紅棠的眼淚也在飛，她把手中的樹枝伸了過去，哭喊道：「文慶，你要堅持住，快抓住樹枝哇，我一定會把你拉出來的！文慶，你快抓住呀，你不會死的，不會——」

上官文慶抓住了樹枝，可是他覺得沒有力氣了，在李紅棠使勁地拉時，他想鬆開雙手，他艱難地說：「紅，紅棠，我，我不，不行了——」

李紅棠喊道：「文慶，你不能放棄，不能，你要死死拉住樹枝，我一定能夠把你拖出來的！」

上官文慶沒有鬆手，滿是淚水的臉上重新露出了微笑。

唐鎮人發現李家大宅的人漸漸地多了起來，不時有男男女女進出李家大宅，唐鎮人都知道，這些人是李公公從鄰近村裡請來做事的人，那麼大一個宅子，需要很多人來打理，讓唐鎮人奇怪的是，那些人的表情木然，毫無生氣。

李公在朱銀山家事發後，鄭重其事地把唐鎮以及周邊幾個鄉村的各姓族長請進了李家大宅，在最大的那個廳裡，商量對策。李公公給大家講了很多發生在外界的事情，還危言聳聽地說，如果不採取措施，唐鎮將永無寧日！他的話讓大家面面相覷。那些族長也想不出什麼好辦法，他們被恐懼迷糊了大腦。這些族長都是當地的大戶人家，他們害怕自己也遭受朱銀山的厄運。

最後朱銀山說：「大家還是聽順德公的吧，順德公見多識廣，又足智多謀，一定有什麼好辦法的！」

李公公咳嗽了一聲說：「依我看，只有一個辦法可以自保！」

大家的目光落在了李公公蒼白又粉嫩的臉上。

朱銀山著急地問：「什麼辦法，順德公快講！」

李公公把手中的鼻煙壺放在鼻孔下吸了吸，然後慢條斯理地說：「只有一個辦法，辦團練！什麼都沒有用，只有我們擁有自己的武裝，才能夠保唐鎮平安！」

大家紛紛表態，李公公的這個辦法好！

李公公又說：「我是這樣考慮的，辦團練要錢要人，錢嘛，我來出大頭，在座的各位能拿多少出來就拿多少出來；人嘛，我想讓李慈林當團總，大家清楚，他的功夫在唐鎮無人可敵，而且他最近也收了不少徒弟，在唐鎮的威望越來越高，由他來招兵買馬，訓練人員，十分妥當。不知大家意下如何？」

那些族長議論了一會後，都表示贊同。

李公公接著說：「關於武器的問題，我已經準備好了滿滿一倉庫的長矛大刀，過些時日，看能不能派人出去，買些洋槍回來，那就更好了。」

大家聽了滿心歡喜，不明白的是，李公公那一倉庫的長矛大刀是從哪裡來的？他們雖然心有疑慮，可還是沒有追問。有人想起了前些日子鐵匠鋪子裡沒日沒夜傳出的打鐵聲，也沒有吭氣，卻對李公公這個人充滿了敬畏。

李公公又接著說：「我還有一個提議，不知當講不當講！」

朱銀山第一個表態，「順德公，你講吧，你講什麼，我都雙手贊成！」

李公公說：「我想哪，我們唐鎮太容易進來了，四面都沒有屛障，任何一個地方都可以進出唐鎮，就是有了團練也很難防範，如果碰到成隊的匪徒從四面八方殺將進來，危在旦夕哪！這要多少人馬才能抵擋？我想了個一勞永逸的辦法，那就是築城牆！城牆建起來後，以鎮街爲軸心，東西各建一個城門，這樣唐鎮就安全了。我們唐鎮不是很大，用城牆圍起來，也不要花多少時日，現在是農閒時節，各家各戶的勞力可以抽出來，再發動四鄉八堡的鄉親過來支援，我看三兩個月就可以建成。對了，建城牆的費用老夫來出！大家負責出人手就可以了！」

大家紛紛叫好，最重要的一個原因還不是因爲安全的問題，而是不要他們出一分錢！

李公公說：「既然大家同意，那就事不宜遲，擇日動工。」

唐鎮成立團練的這天，天空陰霾。這可是黃道吉日，唐鎮人像過節一樣，張燈結綵，成立團練，是唐鎮人關乎生命財產安全的大事，這種說法在唐鎮以及附近的鄉村，被渲染得熱鬧非凡，深入人心，彷彿成立了團練，人們就萬事大吉了。

冬子的燒還是沒有退，已經好幾天了，他還是躺在眠床上說胡話。

王海花被冬子折磨得快瘋了，這樣下去，她也希望自己像冬子那樣躺在床上發燒說胡話。白天，她兩個家都要跑，照顧好自己家裡的老少，就跑過來給冬子熬藥餵他吃東西，晚上卻不能回家，守在冬子的旁邊，不能入眠，冬子要是有什麼差池，李騷牯饒不了她。李騷牯和李慈林同穿一條褲子，李慈林當了團練的團總，李騷牯也混了個副團總的位置。她聽說團總以後在唐鎮說話，比那些德高望重的老族長還管用。王海花苦是苦，累是累，想到丈夫能出人頭地，也迫於李騷牯的淫威，只好忍耐。況且，冬子這孩子的確很可憐，她也不忍心放手不管。好在每天阿寶都會過來陪著冬子，給她分攤了些重擔。王海花希望李紅棠能夠回來，那樣她就可以解脫了。

想起李紅棠，她就自然地想起了弟弟王海榮，長得一表人才的王海榮二十好幾了，還沒有討老婆，她也替弟弟著急。王海榮曾經在她面前表露過心跡，說他喜歡李紅棠，還央求她去找李慈林說親。王海花自己不敢去找李慈林，把這事情對李騷牯說了。李騷牯說：「這事情比較難辦，李慈林不是那麼好說話。」王海花心裡也不抱什麼希望，果然，一天晚上，李騷牯喝得醉醺醺的回來對她說：「眞丟人，你讓老子去和慈林提什麼親！慈林把我罵了個狗血噴頭，他說看王海榮那沒出息的樣子，還想娶紅棠，簡直是癩蛤蟆想吃天鵝肉！」王海花不敢多說什麼了，否則會招來李騷牯的打罵。王海花知道辦團練的事情後，就告訴了弟弟，希望他也去報名參加團練，也許這樣能有點出息，說不定得到李慈林的重用，把李紅棠許配給他。王海榮卻不敢去，害怕耍刀弄棒，還是老老實實租地主的田種，給人家打打短工踏實些。王海花氣得發抖，眞的是爛泥糊不上牆，活該他打光棍。

唐鎮的人們紛紛趕往李家大宅門口，觀看團練的成立大會。

王海花問陪在冬子床前的阿寶：「你怎麼不去看熱鬧？」

阿寶神情悲傷地搖了搖頭，「有什麼好看的，冬子的病要好不了，我連飯也不想吃。」

王海花摸了摸他的頭，「阿寶，你眞是個有情有義的孩子。」

就在這個時候，李紅棠和上官文慶拖著疲憊的步子，走進了山下的那片原野。原野上空無一人，冷冷清清。不遠處陰霾籠罩下的五公嶺上，飄著淡淡的青霧，顯得詭異和淒涼。

上官文慶說：「奇怪了，今天田野上怎麼一個人也沒有，是不是人都死光了？」

李紅棠說：「你不要胡說八道。」

上官文慶說：「是不是唐鎮發生什麼大事了？」

李紅棠說：「你怎麼會有這樣的想法？」

上官文慶說：「感覺。」

他們快走到小木橋的時候，李紅棠蒼白的臉上飛起兩朵紅雲，「文慶，你不要和我一起走進唐鎮。」

上官文慶微笑著說：「好，我曉得你怕人家說閒話。你一個人歸家去吧，我在那塊大石上坐到中午再回去，這樣就沒有人會說什麼了。紅棠，你放心，我不會告訴別人我們這幾天在一起的事。快歸家去吧，冬子一定急死了。」

李紅棠羞澀地說：「多謝你救了我。」

上官文慶微笑地說：「你也救了我，要不是你，我現在變成鬼了。快歸家去吧，不要和我客氣了。」

李紅棠點了點頭，走上了晃晃悠悠的小木橋。

過了小木橋後，李紅棠回過頭張望，上官文慶坐在石頭上，背對著她，看不清他的臉。她心裡酸酸的難過。

小街上也空空蕩蕩的，一個行人也沒有。那些小店也關著門。人都到哪裡去了？李紅棠的心提了起來，難道唐鎮人真的都死光了？冬子會怎麼樣？父親會怎麼樣？她不敢往深處想，深一腳淺一腳地趕到了家門口，家門洞開著。她心想，冬子一定在家。唐鎮人在白天家裡有人的話，是不會關閉家門的。她遲疑地走進了家門，試探著喊了一聲：「冬子——」

正在樓上給冬子餵藥的王海花聽到了李紅棠的呼喚，又驚又喜地對旁邊的阿寶說：「啊，紅棠回來了！」

阿寶愣愣地望著她。

李紅棠又喊了一聲，「冬子——」

阿寶這才驚喜地說了聲，「是阿姐歸家了！」

阿寶幾乎是滾下樓梯的。他看到李紅棠，撇撇嘴巴，哭了，「阿姐，你可歸家了——」

李紅棠感到不妙，說：「阿寶，冬子怎麼啦？」

阿寶說：「冬子病了！」

李紅棠趕緊上了樓，看到高燒中昏糊的冬子，她喊了聲，「冬子——」然後身體一癱，噗通一聲倒在了樓板上。

此時，不遠處傳來了鞭炮的響聲。

王海花和阿寶知道，唐鎮團練的成立大會開始了。他們的心裡卻擔心著李紅棠和冬子的安危。

•

第七章

灰頭土臉渾身髒污的上官文慶回到家裡，兩個姐姐撲過來，分別抓住了他的左右手。她們兇狠地掐他的胳臂，咬牙切齒地罵他。

「矮子鬼，你死到哪裡去了，你曉得媽姆多揪心嗎？你再不回來，媽姆就要哭死了！」

「我掐死你，你把我們害慘了，你死到哪裡去了呀！你還曉得歸家，你死在外頭好了！害人精！」

上官文慶被她們掐得齜牙咧嘴，可他沒有叫出來，兩個姐姐從小就欺負他，他已經習慣了忍耐她們的虐待，她們和父親一樣，認為他是這個家庭的恥辱，見到他不是打就是罵，她們和父親一樣也很少回家來，就是因爲討厭他。上官文慶其實已經餓得不行了，加上體力透支厲害，連叫喚的力氣也沒有了。

朱月娘奄奄一息地半躺在藤椅上，聽到了女兒們的咒罵，睜開了被淚水糊住的眼睛，上官文慶的影子映入她的眼簾，她立馬從藤椅上彈起來，大叫道：「我的心肝——」

她揉了揉眼睛，發現兩個女兒在欺負兒子，不知從哪裡來的力氣，抓起一把笤帚，撲過去，劈頭蓋臉地朝她們打過去。她們趕緊鬆開了手，跳到一邊，面面相覷。朱月娘朝她們叫喊：「你們這兩個短命嫲，給我死走，走得遠遠的，我不要看見你們——」

她們站在那裡，走也不是，不走也不是。

朱月娘又喊叫道：「你們還賴在這裡幹什麼，這不是你們的家，快給我死走，看到你們我就要嘔吐！你們氣死我了！」

朱月娘見她們還是不走，就把手中的笤帚朝她們扔了過去。

她們這才嘀嘀咕咕地走了。

朱月娘蹲下身子，把上官文慶抱在懷裡，顫聲說：「我的心肝哪，你可想死媽姆了，媽姆的心都碎了哇，我的心肝——」

上官文慶訥訥地說：「媽姆，我餓——」

他突然想起了李紅棠，李紅棠不知道餓不餓，也不知道她有沒有飽飽地吃上一頓飯？

李紅棠悠悠地醒轉過來，王海花給她端上一大海碗熱氣騰騰的米粉，她接過來，稀里嘩啦地吃起來。阿寶說：「阿姐，你慢點吃。」她對阿寶的話置若罔聞，很快地吃完了那碗米粉。王海花說：「紅棠，還要嗎？我再去給你煮。」李紅棠搖了搖頭，「不要了，我吃飽了。」阿寶問：「阿姐，你到哪裡去了？」李紅棠苦澀地笑了笑：「找媽姆去了。」王海花見李紅棠沒事了，就急著要走，「紅棠，冬子就交給你了，我家裡還有一大堆的活沒有做呢，我該歸家去了。」阿寶說：「這幾天多虧海花嬸嬸了，沒日沒夜照顧冬子。」李紅棠心裡很過意不去，「海花嬸嬸，給你添麻煩了！你走吧，我會照顧好冬子的。」王海花如釋重負，匆匆離去。

李紅棠讓阿寶回家去了後，把家門關了起來，外面的喧囂和她沒有任何關係，父親當不當團練的團總也和她沒有任何關係，她不會去關心那些事情，她關心的是母親和弟弟的死活。她燒了一大鍋水，洗了個澡，換上了乾淨的衣服，然後又燒上了一鍋水，她要給弟弟也洗個澡，他身上都有臭味了。她想，王海花沒有給冬子洗過澡，頂多就是給他擦了擦身子。

李紅棠給灶膛裡添了些木柴，然後拿起木梳梳頭髮，她的頭髮很長很細，卻有些乾枯，還發現了不少白髮。以前她的頭髮不是這樣的，油黑油亮的，很多姑娘和媳婦都十分羨慕，誇她的頭髮好。李紅棠有些傷感，卻又萬分無奈，她也有愛美之心，如果媽姆找不到，美又有什麼用。現在，她擔心的是弟弟的病。她把澡盆扛到了閣樓上，然後把燒好的熱水提上了樓，又打了一桶涼水上去。李紅棠調好水溫，給冬子脫光了衣服，把他抱到了杉木澡盆裡。

李紅棠一陣心酸，冬子這幾天瘦了，看著他一根根突出的肋骨，她的眼睛裡積滿了淚水。

李紅棠輕柔地說：「冬子，阿姐對不住你，沒有照顧好你——」

她從頭到腳一點一點地把他身體的每個部位洗得乾乾淨淨，在她細心揉搓下，冬子的皮膚泛出微紅。

額頭上冒著汗珠的冬子說：「阿姐，你在哪裡？媽姆，你在哪裡？你們怎麼不要我了？」

冬子還在說著胡話。

李紅棠將他抱起來，用乾布帕擦乾他的身子，然後把他放在了床上，給他穿好衣服，又把被子捂在了他身上。冬子一直在冒汗，她不停地替冬子擦去汗水，和他說著話。

「冬子，你醒醒，阿姐歸家來了——」

「冬子，阿姐再也不會讓你生病了，阿姐會好好照顧你的——」

「冬子，你忍心看阿姐心疼嗎？你不是說，不讓阿姐傷心的嗎？冬子，你趕快好起來——」

「冬子，阿姐答應過你，一定會把媽姆找回來的——」

李紅棠邊說話邊流淚，她把冬子的頭摟在懷裡，淚水落在了冬子的臉上。整個晚上，她就那樣摟著冬子，輕輕地和他說話，淚水無聲無息地淌下。天蒙蒙亮的時候，李紅棠看著冬子從自己的懷裡抬起了頭。在如豆的油燈下，冬子睜開了清澈的眼睛，他動情地說：「阿姐，我聽到你的呼喚了……阿姐，我在一個很黑的地方走呀走，走不到盡頭，我看不到阿姐，看不到媽姆，也看不到爹……我很冷，冷得像泡在冰河裡，我覺得我要死了，什麼也看不到了，什麼也聽不到了，我好害怕……阿姐，我聽到你的呼喚了，我看到了光亮，是不是天光了？我看到你就在河對岸呼喚我，你在哭……我想朝你跑過去，我找不到橋哇，河水很大，很紅，還冒著熱氣，我不顧一切地跳進滾燙的河水裡，朝你游過去……有很多看不到頭的人在河裡拖著我的腳，他們要淹死我，阿姐，你在大聲呼喊，我聽到了，可我就要沉下去了，就要死了……阿姐，我感覺到你跳下了河，找到了我的身體，你抱著我往岸邊游呀，阿姐……」

李紅棠伸出顫抖的手，摸了摸他的額頭。她不敢相信，冬子的燒已經退了。

她又伸出另外一隻手，摸了摸他的額頭，沒錯，冬子的燒眞的神奇地退了，他的病竟然好了。

李紅棠驚喜地把冬子攬在懷裡，輕輕地說：「冬子，你沒事了，沒事了，阿姐在，你再不會有事了——」

冬子嗚嗚地哭出了聲。

李紅棠也哭了。

他們的哭聲透過窗戶的縫隙，在小鎮上空迴盪。

他們不知道，唐鎮的未來是什麼樣的，他們的未來又是什麼樣的，這是唐鎮最灰色的年月。

唐鎮成立團練後的第五天，就發生了一件大快人心的事情。

那天天還沒有亮，凜冽的風呼呼地穿過唐鎮的小街，唐鎮人就聽到街上傳來嘈雜的聲音。天亮後，人們紛紛風傳著：「李慈林抓到搶劫朱銀山家的流寇啦，大家快去看哪，那挨千刀的流寇被綁在李家大宅門口的石獅子上……」

李紅棠這幾天沒有出去尋找母親，在家照顧冬子，冬子大病後身體十分虛弱，她不能放下冬子不管。李紅棠的回歸和冬子怪病神奇的痊癒，令唐鎮人覺得不可思議，很多人私下裡猜測著李紅棠幾天的失蹤和冬子得病的關係，這對姐弟倆走在小街上時，會引來許多疑惑的目光。

病好後，冬子每天早上睡到很晚才醒來，李紅棠也不會叫醒他，讓他安詳地沉睡。這天早上卻不一樣，他天還沒亮就醒來了。李紅棠也被他弄醒了，她現在特別容易驚醒，只要有什麼細微的聲音，都會使她醒來。

她問冬子：「阿弟，天還沒亮呢，睡吧！」

冬子說：「我睡不著了。」

李紅棠說：「爲什麼？」

冬子說：「心裡不踏實。」

李紅棠說：「冬子，你心裡有事？能和阿姐說說嗎？」

冬子沉默了一會說：「我夢見爹死了。他在一片野草地裡，被好多人追趕著，那些人都拿著刀，嘴巴裡不曉得叫喚著什麼。爹的腳底被什麼東西絆了一下，撲倒在草地上，他來不及跳起來，就被追上來的那些人亂刀劈死。爹慘叫著，手被砍下來了，腳也被砍下來了，那些人把爹被砍下來的手和腳扔得遠遠的，爹再也喊不出來了，他傷殘的身體到處都在冒血，血像噴出的泉水。爹的頭最後被一個皂衣人砍了下來，皂衣人怪笑著，提著爹的頭走了，不曉得跑哪裡去了。我眼睜睜地看著爹被人殺死，我想過去救他，可是我動不了，好像兩條腿生了根，怎麼也動不了。我不曉得爹的頭被砍下來的時候，他有沒有看到我，我離他是那麼近，就是幾丈遠，不曉得他會不會怨恨我沒能夠救他。爹死後，我還看到一個尼姑站在他無頭的屍體旁邊……」

李紅棠聽得心驚肉跳，馬上制止弟弟，「冬子，你不要說了——」

冬子說：「我很擔心爹會出什麼事情。」

李紅棠說：「冬子，爹那麼好的武藝，不會出事的，你放心吧，躺下再睡一會。」

冬子說：「那麼好的武藝有什麼用，舅舅的武藝不是比爹好嗎，可他——」

李紅棠無語了，其實，弟弟的擔心也是她的擔心。

街上傳來了嘈雜的聲音。

冬子走到了窗前，推開了窗門，看到很多人舉著火把，從小街的西頭吵吵嚷嚷地走過來。

冬子趕緊說：「阿姐，快來看——」

李紅棠從床上爬起來，也走到了窗前。那些人走到近前時，他們看到兩個五花大綁蓬頭垢面的黑衣人被推推搡搡地押過來。李紅棠覺得那兩個人有些眼熟，可就是不記得在哪裡見過他們。押解那兩個人的就是李慈林帶領的團練，李慈林走在中間，路過窗戶底下時，他還仰起頭，望了望自己的兒女，眼神十分詭祕。

李紅棠發現了父親詭祕的目光，心突然針扎般疼痛。

冬子也發現了父親詭祕的目光，他也感覺到什麼不妙，想起夢中的情景，甚至覺得父親活著是虛假的。

唐鎮要公開殺人了！

這天上午，唐鎮街上擠滿了人，人聲鼎沸，除了唐鎮的居民，鄰近鄉村的人也聞訊而來。李家大宅門口圍滿了人，比唱大戲還熱鬧。李家大宅的大門洞開，大門口有兩個持著長矛的團練把守著，人們進不到裡面，也看不清李家大宅裡的情景，看到的只是門裡的一個照壁，照壁上有一條石刻的龍。人們對那兩個捆綁在石獅子上的劫匪指指點點，還有人往他們身上吐唾沫。那兩個劫匪頭臉髒污，披頭散髮，身上的黑衣被撕得襤襤褸褸，累累的傷痕暴露在光天化日之下。他們一直張著嘴巴，彷彿要說什麼，卻像啞巴一樣。

從李家大宅裡走出憤怒的朱銀山，衝著那兩個劫匪破口大罵：「天殺的惡賊，千刀萬剮也難解老夫心頭之恨哪！」他邊罵邊掄起手中的竹拐杖，劈頭蓋臉地朝一個劫匪亂打，打完這個劫匪又去打另外一個劫匪。那兩個劫匪渾身抽搐，喉嚨裡發出暗啞的嗚咽，痛苦萬分。

有人問：「朱老族長，你敢肯定就是他們嗎？」

讀者服務卡

您買的書是：________________

生日：　　年　　月　　日

學歷：□國中　□高中　□大專　□研究所（含以上）

職業：□學生　□軍警公教　□服務業
□工　□商　□大眾傳播
□SOHO族　□學生　□其他________

購書方式：□門市______書店　□網路書店　□親友贈送　□其他______

購書原因：□題材吸引　□價格實在　□力挺作者　□設計新穎
□就愛印刻　□其他________（可複選）

購買日期：______年______月______日

你從哪裡得知本書：□書店　□報紙　□雜誌　□網路　□親友介紹
□DM傳單　□廣播　□電視　□其他

你對本書的評價：（請填代號　1.非常滿意　2.滿意　3.普通　4.不滿意）
書名______　內容______　封面設計______　版面設計______

讀完本書後您覺得：

1.□非常喜歡　2.□喜歡　3.□普通　4.□不喜歡　5.□非常不喜歡

您對於本書建議：

感謝您的惠顧，為了提供更好的服務，請填妥各欄資料，將讀者服務卡直接寄回或傳真本社，我們將隨時提供最新的出版、活動等相關訊息。

讀者服務專線：（02）2228-1626　讀者傳真專線：（02）2228-1598

舒讀網「碼」上看

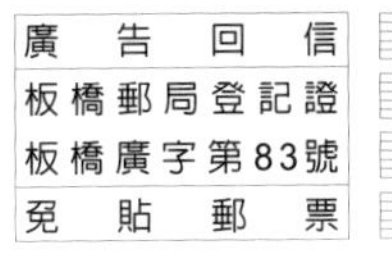

235-53

新北市中和區建一路249號8樓

印刻文學生活雜誌出版有限公司　收

讀者服務部

姓名：＿＿＿＿＿＿＿＿ 性別：□男　□女

郵遞區號：＿＿＿＿＿＿＿＿

地址：＿＿＿＿＿＿＿＿

電話：（日）＿＿＿＿＿＿＿＿（夜）＿＿＿＿＿＿＿＿

傳真：＿＿＿＿＿＿＿＿

e-mail：＿＿＿＿＿＿＿＿

朱銀山大聲說：「沒錯，就是他們，剝了皮我也認得出他們！還有幾個要不是逃跑了，也要抓回來殺頭的，這些不得好死的畜生！」

李慈林和李騷牯帶人出來了。

李騷牯瞟了朱銀山一眼，目光有些慌亂。

李慈林對朱銀山說：「朱老族長，不要打了，要抓他們去遊街了。」

朱銀山恨恨地說：「就是把他們打進十八層地獄，也難解老夫的心頭之恨哪！」

李慈林放低了聲音對他說：「順德公有事情找你，要把你被搶走的那個百寶箱還給你，快去吧！」

朱銀山一聽這話，馬上就換上了一副奴性十足的臉孔，興高采烈地進門去了，他積蓄了一生的那些金銀財寶能夠失而復得是多麼高興的事情，至於美貌的小老婆的死，反而顯得微不足道。

李慈林吩咐李騷牯：「把人帶走，遊街！」

兩個劫匪彷彿知道遊完街就要殺他們的頭，渾身癱軟，瑟瑟發抖。他們是被團練拖出興隆巷的。

小街上人山人海，像是要把窄窄的小街撐爆，就是這樣，人們還是會給劫匪挪出一小塊地方。有人的鞋被踩丟了，大聲喊叫著：「鞋，我的鞋——」他怎麼叫喊都無濟於事，沒有人會去在乎他的鞋；也有人被推倒在地，驚叫著：「踩死我啦，踩死我了——」要不是他爬起來快，也許真的就被踩死了，誰的腳在這個時候都沒輕沒重；也有姑娘被人趁機掐了奶子，她屈辱的罵聲引不起任何人的注意。人們只是瘋狂地朝那兩個劫匪大聲咒罵，手上有什麼東西都朝他們砸過去，有的東西還砸在了持著明晃晃鋼刀的團練身上，他們沒有什麼反應，滿臉的肅殺。

冬子和姐姐沒有到街上去，連同阿寶，他們一起在閣樓上看熱鬧，這種場景，從來沒有見過。阿寶拉著冬子的衣服說：「我好怕——」冬子什麼話也沒有說，看到那兩個飽受千夫指萬人罵的劫匪，他的腦海突然出現了中秋節那個晚上的情景，還有在野草灘上看到的那隻腐爛的人腳隨即也浮現眼前。李紅棠看那兩個人被緩慢地押過來，腦海一遍一遍地搜索著，使勁地回憶到底在哪裡見過他們。

他們三人神色各異。

李紅棠心裡突然一沉。

她的眼前出現了這樣一幅情景：兩個討飯的外鄉人在山路中一個供路人休息的茶亭裡歇腳，他們穿著破爛，凍得發紫的臉上沒有一點光澤，目光黯淡，用異鄉的話語在說著什麼。

是的，李紅棠記起來了，她在前往西邊山地尋找母親時見過這樣的兩個人，他們中一個年齡稍微大點，另外一個年輕些。在那個茶亭裡，李紅棠見到他們時，心裡忐忑不安，她就一個人，這裡前不著村，後不著店，他們要是歹人怎麼辦？聽他們的口音不是本地人，她從來沒有離開過這片山地，對外地人心存恐懼。她站在茶亭的門口，不知如何是好。山路是從茶亭裡穿過去的，她要往前走，就必須經過茶亭。

她在茶亭外猶豫。

年輕的那個人朝她笑了笑，「姑娘，你不要害怕，我們不是壞人。」

他的笑容溫和寬厚，不像奸詐之人。

那人又說：「我們是安徽人，今年水災，顆粒無收，沒有辦法餬口，就一路往南，要飯到這裡。你不要害怕，真的，我們不是壞人，不會傷害你的。」

年紀較大的那人也說：「姑娘，你不用擔心，我們只是要飯的災民。外面亂著呢，來到這裡倒清靜許多，你們山裡人還都很好，到誰家門口了，碰上吃飯時分，多多少少總能給我們一些飯吃。你過去吧，不要怕。」

李紅棠壯著膽子走進了茶亭，然後快步穿過了茶亭中間的通道。

走過茶亭後，她回頭張望，發現那兩個可憐的人還在裡面歇腳，在說著什麼。

想到這裡，李紅棠對冬子他們說：「你們千萬不要出門，我出去一下，馬上就回來。」她就飛快地下了樓，打開家門，衝進了密密麻麻的人群。她使出吃奶的力氣擠到了那兩個劫匪的面前。兩個劫匪低著頭，被團練們一步一步緩慢地往前拖。李紅棠彎下了腰，頭勾下去，看他們的臉。李慈林發現了女兒，厲聲對她吼道：「紅棠，快滾回家去，你出來湊什麼熱鬧。」

李紅棠看清了他們的臉，儘管髒污，但是他們臉的輪廓沒有改變。她心裡哀綿地喊了一聲：「可憐的人——」

她想大聲地對父親說：「爹，他們不是劫匪，他們只是安徽過來要飯的災民！我見過他們，你放了他們吧！」可是，在如潮的人聲和父親鷹隼般目光的注視下，她什麼也說不出來，只是渾身發抖。她站在那裡一動不動，嘴唇哆嗦著，徹骨地寒冷。

手握鋼刀的李慈林跑到她面前，把她撥拉到一邊，「快滾回家去，看好你弟弟！」

遊街的隊伍從她身邊走過去，她被瘋狂的人們擠到了街邊。

此時，有個老者在街旁的一個角落裡，看著這一切，他渾身瑟瑟發抖，滿目驚惶。他就是李時淮。他細聲自言自語：「當初把李慈林一起結果了就好了，留下了一個後患哪！這可如何是好！」

在他眼裡，那兩個劫匪彷彿就是自己。

李紅棠沒有回家。她跟在人群後面，一直往鎮西頭走去。一路上，李紅棠神情恍惚，宛若遊魂。

李慈林指揮團練們拖著那兩個人走過小橋，朝五公嶺方向走去，人們還是喧囂著跟在後面。遊完了街，他們要把那兩個異鄉人拖到五公嶺去殺頭。李紅棠想不明白，爲什麼平常老實巴交的山裡人，被什麼邪魔蠱惑了，要去看殘忍地殺人呢？

李紅棠眞想衝過去和父親說，他們不是劫匪，而是可憐的逃荒人。可她一直沒有這個勇氣，什麼話也說不出來，只是像個木頭人那樣跟在人群後面。

陽光慘白。

這是正午的陽光，李紅棠卻感覺不到溫暖。

那兩個人癱倒在枯槁的草地上，人們圍了一個很大的圈，裡三層外三層地圍觀著。那些被人們踩壓著的枯草和野墳包，都彷彿在沉重地呼吸。鬼氣森森的五公嶺從來沒有如此熱鬧過，那些孤魂野鬼也在狼奔豕突，紛紛躲避著沖天的殺氣。

李紅棠站在人群中，木然地注視著那兩個可憐的人。

殺人很快就開始了。

沒有什麼儀式，李慈林陰沉著臉對兩個團練說：「動手吧！」

那兩個團練額頭上冒著冷汗，握著刀的雙手顫抖著，面面相覷，不敢下手。是呀，這畢竟不是殺雞或者殺豬，這是殺人哪！這兩個團練連傷人都沒有過，何況是殺人。

李慈林吼道：「動手哇！你們傻站在那裡做什麼！」

兩個團練臉色蒼白，不光是握刀的雙手顫抖，雙腿也篩糠般戰慄。

李慈林惱怒了，「還不快動手！你們被鬼迷了？」

兩個團練渾身也顫抖起來，豆大的汗珠從他們的額頭上滾落。

李慈林對另外兩個團練說：「你們上！」

另外兩個團練來到兩個可憐人面前，換下了剛才的那兩個團練，兩個新上來的團練注視著癱在枯草上的那兩個可憐人，發現他們的褲襠濕了，一股連屎帶尿的臭氣彌漫開來。這兩個團練也不敢動手，李慈林怎麼催促他們，他們也不敢把高高舉起的鋼刀劈下去。鋼刀在陽光下閃動著瘮人的寒光，人們紛紛叫嚷：「砍下去呀，砍下去呀，殺了他們——」

李紅棠的心在人們的叫喊聲中變得特別孤寂和沉痛。

她根本就沒有辦法制止這場屠殺。

李慈林真的憤怒了，吼叫道：「你們這樣能夠保護我們唐鎮的父老鄉親？你們給老子滾下去！騷牯，我們自己上！」

他衝上去推開了一個團練，那個團練退到一旁，大口喘息，面如土色！

李騷牯也衝上去，推開了另外一個團練。李騷牯不像李慈林那麼堅定，他的目光充滿了驚惶的神色。

李慈林大吼了一聲，把刀舉過了頭頂。

他手起刀落，剁下了一個人的頭，一股鮮血飆起來，噴射在他滿是鬍茬的臉上。

李騷牯閉上眼睛，舉起鋼刀，鋼刀劃出了一道弧光，落在了另外一個人的脖子上，鮮血飆起來，噴射在他刮不出二兩肉的鐵青色的臉上！

李慈林刀落下去的那一剎那，人們屏住了呼吸，現場鴉雀無聲。李紅棠閉上了眼睛，心裡哀叫了一聲：「爹，你是個劊子手——」

血腥味瀰漫在這個亂墳崗上。兩股濃郁的黑霧從死者的身上升騰起來，瀰漫了整個天空，那白晃晃的太陽也被濃郁的黑霧遮住了。

頓時，五公嶺一片陰暗。

人群中卻爆發出吼聲：「好！好！殺得好！李慈林是大英雄，李騷牯是大英雄，為民除害！」

李慈林的目光在人群中搜尋，搜尋李時淮或者他的家人。

李慈林十分失望，沒有見到他想要見到的人。

他心裡說：「只要殺過一個人，再殺人，就利索了，李時淮，你們等著挨刀吧！」

李紅棠彷彿聽到了那兩個鬼魂的淒厲號叫。

這時，一隻孩童般的手拉住了她冰涼的手，她低頭一看，是上官文慶，他仰著臉，悲哀地望著她。

李紅棠掙脫了他的手。

他還是站在那裡，仰著臉望著她，和她一樣悲傷。

唐鎮人得到了一個好消息，這個晚上，李家大宅外面的那塊空地上又要唱大戲了。戲班子是什麼時候進入唐鎮的，唐鎮人卻一無所知，就像當時戲班子是什麼時候離開一樣一無所知。這並不重要，重要的是唐鎮人又有戲看了。現在是冬天，農閒時節，能夠看大戲是多麼暢快的事情！加上今天李慈林他們殺掉了讓唐鎮人談虎色變的流寇，可謂是一大喜事，好心情看好戲應該是唐鎮人最愜意的事情。

晚飯前，李慈林破天荒地回到了家中。

他來到家門口時，看到上官文慶往他家裡探頭探腦。李慈林和上官清秋一樣討厭這個侏儒，看見他好似見到鬼一樣，心裡極不舒服。李慈林一腳朝他踢過去，上官文慶哎喲一聲滾在地上。李慈林惡狠狠地瞪了他一眼，「滾開，喪門星，少讓老子看到你！」

上官文慶抱頭鼠竄。

李慈林進入家門後，順手把門關上了。他站在廳堂裡喊道：「紅棠，出來──」

李紅棠正在灶房裡切菜，鍋裡在煮著稀粥。冬子坐在灶膛邊的矮板凳上，往灶膛裡添加乾柴。他們都聽到了父親的喊叫，相互看了對方一眼，心裡都在想，今天太陽打西邊出來了，他還知道回家。李紅棠比冬子有更多複雜的情緒，但沒有在弟弟面前表露出來。

李慈林又在廳堂裡喊叫：「紅棠，你耳朵聾啦，老子喚你出來！你到底聽到沒有？」

李紅棠無奈，只好放下菜刀，陰沉著臉走出來。

李慈林把一個布袋扔給她，「拿去燒了，讓你們好好吃一頓肉。」

李紅棠接過布袋，布袋沉沉的，她默默地回到了灶房裡。她打開了那個布袋，發現裡面是一塊豬肉。冬子走上前，看到豬肉，兩眼放光，「哇，晚上有肉吃了！」李紅棠的表情怪異，皺著眉頭，胃裡翻江倒海，強忍著不讓自己嘔吐出來，緊抿著嘴唇，一次次地把胃裡湧出來的東西壓回去。她不敢相信，看過父親殺人的人還敢吃他拿回來的豬肉。

李紅棠聞到的盡是血腥味。

她忍受著巨大的折磨，燜好了一鍋豬肉，然後把燜得香噴噴的豬肉端上了桌。之後，她一個人躲到了灶房裡，坐在矮板凳上，愣愣地想著什麼問題。她無法面對父親，她想不明白，父親竟然會變得如此兇殘，竟然對兩個逃荒要飯的可憐人下殺手。這是多大的罪孽呀！

冬子根本就不知道姐姐的心思，看到香噴噴的肉，就像看到了自己的命一樣，狼吞虎嚥地吃著。李慈林喝了口酒，粗聲說：「冬子，慢慢吃，你不是餓死鬼，你是我李慈林的兒子，你的好日子就要來了，以後天天讓你吃肉，天天都是過年過節。」

冬子嚥下一口肉，擦去嘴角流出的油水，「爹，你說的是眞的？」

李慈林點了點頭，「眞的！你現在知道爹爲什麼總是不回家了吧，爹做的一切，都是爲了讓你們能夠過上好日子呀！你要理解爹，不要總是責怪爹，爹拚死拚活還不是爲了你們！你以爲爹是鐵石心腸呀，不是！爹做什麼事情，心裡都惦記著你們！明白嗎？」

冬子搖了搖頭，「不是很明白。」

李慈林又喝了一口酒，「你以後會明白的，不和你囉嗦了！」

冬子突然說：「媽姆要是能回來就好了。」

李慈林嘆了口氣說：「那是她的命！」

冬子無語了。

李慈林朝灶房裡喊道：「紅棠，你出來吃肉呀，躲在灶房裡做什麼？」

李紅棠沒有回答他，她沒有胃口，什麼也不想吃，特別是父親拿回來的豬肉，散發著人血的味道。

廳堂裡父子倆的對話她聽得清清楚楚。

此時，李紅棠特別想念母親，過幾天，等冬子的身體恢復了，她還是要去尋找母親。在沒有得到母親生死消息之前，她絕不會放棄！

唱戲的聲音傳過來。

李紅棠沒有絲毫的感覺。

她早就對這些東西淡漠了。

戲唱完後，李慈林又離開了家。他去哪裡已經不重要了，對李紅棠而言，她心中的那個父親已經陌生，她甚至對他充滿了厭惡之感，她從來沒有想過自己的父親是個殺人不眨眼的劊子手，哪怕是他在她出生時想溺死她，哪怕是他經常對母親施暴。她不能告訴冬子她所看到的一切，他還小，沒有必要像她那樣承受良心的殘酷折磨。

這個深夜對唐鎮一個比較重要的人物來說，同樣也是一種折磨。

他就是團練的副團總李騷牯。和李慈林一樣，在李家大宅裡，有他單獨的一間房，不像其他團練，十幾個人住在一起，而且是住在李家大宅的外宅裡，那些房屋是供下人住的。他和李慈林都住在堂皇的內宅裡。

夜深了，李騷牯躺在眠床上輾轉反側，難以入眠。

想到白天裡殺人的情景，他心有餘悸。

人被殺死後，人們都散去了，只有團練的人沒走，還留在五公嶺上。他們挖了一個大坑，把那兩具屍體埋了。埋完死人後，李慈林把王巫婆用黃裱紙畫好的兩張符咒用石頭壓在了墳包上，口中念念有詞。

就在他們要走的時候，那兩張符咒竟然飄了起來。那時一點風也沒有。詭異極了，李慈林分明用沉重的石頭壓好符咒的，它們怎麼就飄起來了？他們異常地吃驚。那兩張符咒分別飄到李慈林和李騷牯的面前停住了，像是有兩張有力的手掌，生生地把符咒按在了他們的臉上。

他們被一股巨大的力量推倒在地。

他們倒在地上之後，那兩張符咒分別從他們的臉上飄起來，這時，有颼颼的陰風颳過來，那兩張符咒被凜冽的陰風捲走，頓時無影無蹤。

想起這事，李騷牯後怕，他不知道李慈林會不會後怕。

很多時候，你一旦踏上了一條道路，就收不住腳了，會一直走下去，想回頭都很難。李騷牯想到這裡，渾身冰冷。現在他是無法回頭了，要不是李慈林把他拉上這條道，此時，他會心安理得地和老婆王海花躺在一張眠床上，王海花雖說不是什麼標致的女子，卻也什麼都不缺，可以滿足他的欲望。

李騷牯的內心活動起來。此時，他想用男人的衝動來抵抗殺人帶來的恐懼。

「歸家去！」他輕輕地自言自語。欲火在他的體內燃燒。

他下了床，拿上了鋼刀，出了房門。他穿過幾條回廊，走到了大門邊。看守大門的團練說：「李副團總，你要出去？」

李騷牯低聲說：「別廢話！快把大門打開！」

那團練就乖乖地打開了大門，李騷牯匆忙走了出去。大門在他身後關上了，彷彿把他隔開在另外一個世界，如果說李家大宅是安全的，那麼外面的這個世界是不是充滿了危險？李騷牯有點後悔走出來，可他還是硬著頭皮摸黑回家。冬夜的風刺骨，他呵著熱氣，倉皇地行走。

李騷牯往碓米巷自己家中走去，走著走著就走到了青花巷。青花巷有十幾戶人家，其中最大的一個宅子就是朱銀山的家，在巷子盡頭的那家陋屋裡，住著沈豬嫲。

彷彿是有人把他推進了青花巷，他意識到了背後的那股力量。

青花巷裡一片漆黑。他什麼也看不見。

李騷牯不知道自己走進了青花巷，還以爲到了碓米巷。

黑暗中，他手中緊握鋼刀，提防著有人向他下黑手，向別人下過黑手的人心裡總是擔心別人報復。他摸到了一家人的門邊，輕輕地敲了敲門。不一會，門吱呀一聲開了。門裡一片漆黑，他還是什麼也看不見，李騷牯嘟囔了一聲：「爛狗嫲，出來開門，連燈也不點一盞。」他這話是責備老婆王海花的，卻沒有人理他，要是往常，王海花會回他的話。他伸手摸了摸，什麼也沒有摸到。李騷牯罵了聲：「爛狗嫲，和老子捉迷藏？快去點燈，老子眼睛被什麼東西迷住了。」還是沒有人回答他。他的眼睛又癢又痛，怎麼睜也睜不開。今晚到底是怎麼啦，王海花像鬼一樣，不言不語。李騷牯使勁地揉著眼睛，心裡異常煩躁，眞想抓住王海花臭打一頓。

黑暗中，他聽到了嬌滴滴的笑聲。

這是王海花的笑聲？不像，她從來沒有如此嬌笑過！李騷牯想。

笑聲過後，他手中的鋼刀自然地脫落，哐噹一聲落在地上。一隻手伸過來，拉住了他剛剛還握著鋼刀的手。那隻手柔軟又冰冷，他想掙脫，那柔軟的手彷彿和他的手長在一起，他怎麼甩也甩不掉。李騷牯倒抽了一口涼氣！這不是王海花的手，她的手不會如此柔軟，也不會如此冰涼，也從來沒有這樣緊緊地拉住他，就是一起在眠床上做那種事，王海花也是例行公事，不會和他過分親暱。

這個黑暗中拉住他手的女人是誰？

他的心在顫抖，因爲寒冷？抑或是因爲這個神祕的女人？她的血是冷的，可她的手爲何如此柔軟？

那隻手牽著他走進了一個房間。

又一聲嬌笑過後，那冰涼柔軟的手鬆開了。他聞到了一股女人的味道。那種肥膩的女人味突然令他的頭腦發熱，他像狗一樣抽動著鼻子，循著女人的肉味摸索過去。他摸到了床，便不顧一切地撲了上去。床上躺著一個肥胖的女人，在他野獸般的攻擊下發出了呻吟。突然有道血光刺激他的眼睛，在血光中，他看到一張鮮血淋漓的女人的臉，她眼睛發出綠瑩瑩的光……李騷牯大叫一聲，從女人的身上滾了下來，掉在了地上。

他聽到女人說：「還沒有盡興呢，你怎麼滾下去了？」

女人下了床，點亮了油燈。

他從地上爬起來，看到赤身裸體的沈豬嫲。

沈豬嫲也十分吃驚，「啊，是你──」

李騷牯驚魂未定，說：「撞鬼了，眞是撞鬼了──」

他落荒而逃。

沈豬嫲顫聲說：「別走──」

李紅棠在李駝子的壽店裡買了紙錢香燭，獨自朝五公嶺走去。買東西時，李駝子見她神色倉皇，長長地嘆了口氣，他似乎明白李紅棠的心事。李紅棠離開後，李駝子還自言自語道：「造惡喲！」就在昨天，那兩個死鬼遊街時，李駝子關閉了店門，一個人坐在店裡長吁短嘆。

天很冷，曠野的風凜冽。

李紅棠走到五公嶺山腳下時，回過了頭，上官文慶站在她的身後。她嘆了口氣，「文慶，以後你不要總跟著我了，行嗎？」

上官文慶搖了搖碩大的頭顱，微笑地說：「我做不到。」

李紅棠哀怨地說：「你這樣跟著我，被人發現，會說閒話的。你應該理解我的苦處。」

上官文慶聽了她這句話，轉過身，慢慢地走了。看著他小小的背影，李紅棠覺得上官文慶特別淒涼。他是唐鎮的可憐人，應該有自己的快樂，有自己的愛戀。李紅棠明白他的心意，可是……她無奈地嘆了口氣。

李紅棠來到了昨天殺人的地方。

這地方寧靜極了，枯草萋萋。

那紅色的新土堆成的墳包，是那兩個異鄉人的歸宿，他們的魂魄能否飄回遙遠的家鄉，他們的親人會不會像她尋找母親那樣一直追尋……李紅棠在新墳前點燃了香燭。她把香燭一根根插在墳頭，輕聲地說：「你們一路走好哇，以後每年清明，我會來給你們掃墓，祭拜你們的，你們在這裡沒有親人，就把我當你們的親人吧——」

李紅棠又點燃了紙錢。

紙錢的火焰中出現了兩雙悽惶的眼睛，李紅棠看見了，她沒有害怕。她對那兩雙眼睛說：「你們要是在陰間缺錢花了，就託夢給我，我就會燒給你們的。你們一路走好哇——」那兩雙眼睛淌下了清亮的淚水，清亮的淚水漸漸地變成了黏稠的血水。

一陣風嗚咽著颸過來，把紙錢的灰揚起來，滿天都是紙錢的灰，滿天都是他們破碎的眼睛。

李紅棠做完該做的一切，站起了身。

野風把她的頭髮吹得凌亂。

李紅棠的目光落在了遠處的唐鎮上，唐鎮像個風燭殘年的老婦，在凜冽的寒風中顫抖。她不知道唐鎮還會發生什麼事情，反正她心裡有種感覺，唐鎮被一個巨大的陰謀籠罩著。

她突然想起了上官文慶。

她知道他並沒有離開，還躲在某個地方，悄悄地注視著自己，她相信自己的判斷。

李紅棠大聲喊道：「文慶，你出來——」

她喊了幾聲，上官文慶沒有現身。她內心有點失落，只好離開這個地方。

其實，上官文慶真的沒有離開。他躲在枯草叢中，一直注視著李紅棠，迷茫的眼中積滿了淚水，蠟黃的臉上沒有了他標誌性的微笑。自打從黑森林回來後，他的臉色就漸漸變成蠟黃，而且經常肚子疼痛。他不知道這是爲什麼。他也沒有告訴任何人，也沒有去找鄭老郎中。上官文慶想，唐鎮的土地廟馬上就要落成了，等落成後，他要去求土地爺和土地娘娘，讓李紅棠找到母親，讓她頭上漸漸變白的頭髮重新變黑，讓她蒼白憔悴的臉重新煥發出青春的紅顏。

這是上官文慶淳樸美好的願望。

第八章

天越來越冷，早晨的時候，唐溪的流水沒有冰凍，小溝小圳上的水都結起了厚厚的冰，人們呵出一口熱氣，很快就會變成寒霜。

這天，阿寶很早就起了床。準確地說，他是被父親張發強吵醒的。張發強做好了土地廟裡的木工活，承擔了打造兩個城門的任務，打造城門的地點就在土地廟外面的空坪上。無論做土地廟裡的活，還是打造城門，做的都是義務工，拿不到工錢。而這幾乎要耗盡他整個冬季的時間，他發愁呀，這樣下去，沒有收入，過年怎麼辦？連過年割肉的錢都成問題，更不用談給孩子們添新衣服了。他去找過負責修建城牆的朱銀山，希望能夠適當地給些工錢。朱銀山就這樣對他說：「修城牆可是大家的事情哪，你看順德公都拿出那麼多的錢買材料，沒有說句什麼，大家都來出義務工，連鄰近鄉村的人都來了，都表示不要分毫的報酬，你怎麼好意思伸手要錢呢？如果每個參加修城牆的人都要錢，那要多少錢？這錢又該誰來出？」張發強無語，再不好意思提了。張發強成天愁眉苦臉。今天一大早起來，就要去工地，他走時憤憤地將斧頭砸在地上，罵了一聲，「修什麼鳥城牆，還讓不讓人活了！」

斧頭砸在地上的響聲把阿寶吵醒了。

阿寶醒之前，正在做一個美夢。

他夢見了一個戲台，戲台上一個美麗的女子頭上插滿了閃閃發亮的花簪，她明眸皓齒，秋波流轉，眉目傳情，甩著長長的水袖，用甜美如鶯的嗓音唱著戲文……戲台下面就他一個人。這個美麗女子是專門爲他一個人唱戲哪！阿寶心裡流著蜜，那時，他是唐鎮最幸福的人。他的美夢就這樣被父親的斧頭殘酷地擊破了。自從唐鎮有戲唱後，阿寶就迷上了看戲，每場必到，他想不明白，爲什麼自己的好朋友冬子不喜歡看戲呢？

阿寶起床後就溜出了家門。

他眞希望一出門就可以聽到有人說，晚上又有戲看了。

小街上的人行色匆匆，沒有人說關於唱戲的事情。

他看到了王海榮。王海榮穿著破爛的棉襖，挑著一擔畚箕，打著哆嗦，邋里邋遢地往鎮東頭走去。阿寶知道，王海榮也是去修城牆的。阿寶不知道爲什麼要修城牆，城牆修起來後會怎麼樣。反正他認爲城牆和自己一點關係也沒有，此時他心中最惦念的就是唱戲。

也許是因爲那個美麗的夢，他鬼使神差地走進了興隆巷。

來到李家大宅門口，他看著李家大宅門口那片空地，心裡若有所失。李家大宅的朱門被打開了，站在兩旁持著長矛的團練對他虎視眈眈。阿寶有些膽怯，不敢往裡面張望。他心裡卻認定，唱戲的人一直沒走，就在李家大宅裡面。他爲自己這個想法吃驚。

他眞想進入李家大宅看看，那個夢中的唱戲人是否安在。

他非但進不了李家大宅，還被守門的團練大聲訓斥，「小崽子，探頭探腦地想做什麼，還不快滾！」

阿寶本來膽子就小，頓時心驚膽戰，瑟瑟發抖。

阿寶懷著落寞和恐懼的心情，落荒而逃。

無論如何，他堅信那唱戲的人就藏在李家大宅裡面。

阿寶沒有能夠進入到李家大宅看個究竟，冬子卻在這個上午進入了李家大宅。

李紅棠在給冬子做完早飯後，把長長的辮子盤在了頭上，用一塊藍花布包住了頭，她不想讓人看見花白的頭髮。然後，她又走上了尋找母親的道路，現在，她是要到唐鎮東面的山裡去尋找母親。

臨走前，她交代冬子：「阿弟，你要乖乖的，阿姐出去，晚上不一定歸家，也許一兩天也不會歸家，你要照顧好自己，等著阿姐歸來。」

冬子說：「阿姐，你不要找了，媽姆不會再歸來了。」

李紅棠摸了摸他的頭，「要相信媽姆還活著，阿姐就是死，也要把她找回來的。我們不能沒有媽姆，對不對？」

冬子含著淚說：「那我和阿姐一起去！」

李紅棠說：「別說傻話了，好好看著家，阿姐走了，記住，一定要等著阿姐歸來，你可不要亂跑了！」

這個上午，冬子沒有見到阿寶，阿寶也沒有到他家裡來。

阿寶一個人坐在唐溪邊的草地上，嘴巴裡叼著草根，雙目癡癡地凝視著汩汩流淌的清洌溪水，忘記了寒冷，那溪水裡幻化出來的是那個夢中唱戲人的影像。那個人叫趙紅燕。鎮上看過戲的人都知道，那個當家花旦叫趙紅燕。

冬子躲在閣樓裡，想起了舅舅游秤砣。游秤砣的音容笑貌活在他的心中。游秤砣曾經說過，在這個冬天教他練武的，可他騎著白色的紙馬飛走了。舅母他們也不見了，不知道是不是被舅舅帶走了？他也希望自己和舅舅一起騎著白色的紙馬飛走，他是多麼厭倦唐鎮無聊又充滿血腥味的生活。

閣樓裡十分陰冷，冬子手腳冰涼，流下了清鼻涕。

父親李慈林回到家裡，他也沒有發現。

李慈林在樓下叫道：「冬子，下來！」

冬子從遐想中緩過神，聽到了父親的喊叫。父親的話他不敢不聽，趕緊連滾帶爬地下了樓，站在父親的跟前。李慈林的目光凌厲，冬子不敢和他對視。李慈林粗聲粗氣地說：「冬子，你記得我和你說過的話嗎，我們的好日子來了！我說過，會讓你過上衣食無憂的好日子！」

冬子沒有說話，父親說的好日子，在他的眼裡是多麼虛幻，而且沒有一點意義。

李慈林說：「跟我走吧！」

冬子這才說：「去哪裡？」

李慈林有點惱怒，「去了你就知道了，問那麼多做什麼！」

冬子不敢吭聲。

李慈林神氣活現地走在前面，一隻手按在腰間掛著的刀把上，一隻手大幅度地搖擺。冬子跟在他的身後，臉色發白，嘴唇哆嗦，他實在太冷了。街兩旁店鋪裡的人見著李慈林，都出來和他打招呼。只有壽店的李駝子沒有出來，他坐在店裡紮著紙馬，目光冷峻地看著李慈林父子從門口經過。

李慈林把冬子帶到了李家大宅門口。

李慈林停下來，轉回身，對冬子說：「現在明白了嗎，我帶你進大宅。」

冬子輕聲說：「明白了。」

李慈林說：「那走吧！」

冬子有點猶豫，李慈林拉起他的手，朝裡面走去。冬子像被劫持了一般，極不情願地被父親拖進了李家大宅。冬子從來沒有見過這麼大的宅子，穿過一個院子進入一個廳堂，走出這個廳堂又進入一條廊道，從一個拱門進去，裡面又是一個院子，院子後面又是一棟房子。來到這棟房子的大廳裡，冬子見到了穿著白綢棉袍的李公公，他坐在太師椅上喝茶，龍頭拐杖放在一旁。

李公公見他們進來，站起來，走到冬子的面前，嘰嘰地笑了兩聲，「好俊秀的孩子！老夫怎麼看都喜歡！」說著，他彎下本來就有點弓的腰，拉起了冬子的手，輕輕地摩挲。儘管冬子自從吃了他留下的蛇糖後，對他不是那麼恐懼了，可李公公柔嫩的手掌摩挲他的手時，冬子還是有些不安，心裡湧起怪怪的感覺，身上冒出了雞皮疙瘩。他有好些日子沒有見到李公公了，自從他在土地廟動工時出現在大庭廣眾中後，就很少走出李家大宅的門。

李公公是個神祕莫測的人。

李公公又說：「孩子，你的手好涼喲！」

他轉過頭責備李慈林，「你這個爹是怎麼當的，孩子穿這麼少，凍壞了可如何是好！」

李慈林站在那裡，傻笑，什麼話也沒說。

李公公的手鬆開了，朝廳裡喊了一聲：「來人！」

從廳後閃出了一個中年婦女，站在李公公面前，彎著腰說：「老爺，有什麼吩咐？」

李公公說：「吳媽，快去把那件棉袍拿來。」

吳媽答應了一聲，邁著小碎步進去了。不一會，她手中捧著摺疊得整整齊齊的白色綢子面料的棉袍，小心翼翼地走到了李公公面前。李公公笑著說：「冬子，把你身上的爛棉襖脫下來。你看，都打滿補靪了，又黑又髒，穿在你身上多麼不配哪！快脫下，換上新棉袍，這可是上好的絲棉做裡子的！穿上去，又體面又暖和！」

冬子不敢相信這是眞的，站在那裡不知所措。

李公公說：「快脫下來，換上新的袍子。」

冬子手足無措，手心都冒出了冷汗，緊張得滿臉通紅。母親游四娣從小就教育他，不要隨便拿別人的東西，哪怕是金子，也不要拿。現在，李公公送他如此貴重的棉袍，冬子便自然地想起了母親的教誨。

站在一旁的李慈林朝他喝道：「不知好歹的東西，順德公讓你換上，你還磨蹭什麼！」

李公公瞪了李慈林一眼，「怎麼能這樣兇孩子！」

李慈林說：「我錯了，順德公。」

接著，李慈林彎下腰，替冬子脫下了舊棉襖，換上了那件袍子。

李公公樂不可支，雙手擺弄著冬子，左看看，右看看，說：「眞好看，看來老夫的眼光不錯，一看就知道你要穿多長的衣服，你看，這袖子也正好，不長也不短！這袍子穿在你身上，都變了一個人了，多俊秀的孩子哪！奴才，不，不，老夫心裡好歡喜哪！」

李慈林說：「冬子，還不快多謝順德公！」

臉紅耳赤的冬子囁嚅地說：「多謝順德公。」

李公公說：「謝什麼哪！以後我們就是一家人了哇！」

新袍子穿在身上，的確溫暖，可冬子心裡很不舒服，一點也不自然。他想把舊棉襖換上，那樣心裡踏實，舊棉襖是母親一針一線縫出來的，穿在身上感覺不一樣，可他不敢換回去。冬子不知道穿上這件新棉袍後，命運將如何被改變，其實，踏進李家大宅的那一刻起，他的命運已經在悄悄地起變化，他已經和唐鎮的所有同齡人都不一樣了，包括阿寶。

李公公凝視著冬子，彷彿看到了童年的自己。

在京城裡做香料生意的父親沒有破產前，也給他穿體面溫暖的衣裳，經常帶他出去會客，客人們誇他是個俊秀的孩子，年幼的李公公得到客人的誇讚，心裡甜滋滋的。父親是因爲迷戀上了賭博而破產的。他把幾個香料鋪子賭掉了，又把在京城裡置下的宅子賭掉了，甚至還把自己的老婆也典給了別人。變得窮困潦倒的父親無法養活童年的李公公，想起了宮內一個常在他這裡買香料的老太監。老太監每次見到童年的李公公，都會伸出手去摸他的臉，還開玩笑說：「跟我進宮去吧，皇后一定會喜歡你的。」

父親就帶著他到紫禁城西華門外的廠子去淨身，那是一間破舊的小屋，小屋裡有股奇怪的異味。他不清楚父親爲什麼要帶自己到這個地方，廠子裡幾個人漠然地注視著他，那是專門替人動閹割手術的刀子匠。他特別緊張，感覺到了不妙。果然，父親和他們說了些什麼後，刀子匠們就按住了他，把他牢牢地按在了案板上，彷彿他是一隻待宰的羔羊。

他喊叫著，掙扎著，無濟於事。

父親抹了抹眼中的淚，出門去了。

刀子匠用白布把他的下腹部和大腿上部緊緊綁牢，然後用辣椒水洗滌他的下身。他睜大了驚恐的眼睛，哭喊著。那些刀子匠面無表情，沉默無語，好像在做一件和他們毫不相干的事情。其中一個刀子匠一手握著鋒利的彎刀，一手捏緊他的陰莖與陰囊，然後用刀猛然將陰莖和陰囊從根部切下。他慘叫一聲昏死過去。刀子匠冷漠地把一根白鑞針插入他的尿道，用繩子拴緊，用浸過冷水的草紙覆蓋在傷口上，小心地包紮好。做完閹割手術後，不能馬上臥床，刀子匠架著昏迷的他在屋子裡走了兩個多小時，然後才讓父親把他背回去臥床。整整三天三夜，他滴水不進，從疼痛中醒來，又在疼痛中昏睡，可憐的他像是在地獄裡走了一遭。三天過後，拔掉白鑞針，他的尿噴湧而出，他的閹割才算成功，他的命運從此改變……父親把他送進宮的那天，他冷冷地問父親：「我進宮了，你去哪裡？」父親含著淚說：「我一路要飯回家鄉去。」他記得那個地方，他就是在那個叫唐鎮的地方出生的，懂事後才被父親連同母親一起接到京城。他沒有再說什麼，默默地跟著那個老太監進了紫禁城……

李公公長長地嘆了口氣。

他伸出手，輕輕地摸了一下冬子的臉。

沈豬嫲神清氣爽。

她挑著一擔水靈靈的青菜走在小街上，逢人就給個笑臉，唐鎮人也覺得她變了個人，那張豬肚般的臉似乎也開出了花，中看多了。有人對她說：「沈豬嫲，是不是余狗子把你弄舒服了，如此開懷？」沈豬嫲就面帶桃花地呸了那人一口，「是又怎麼樣？不是又怎麼樣？你管得著老娘歡喜嗎？」那人笑著搖頭離開。

她開心的原因是因爲李騷牯。

沈豬嫲終於知道那個深夜摸進房間的男人是他，她有了個準確的目標，不用那麼辛苦地尋找了，在此之前，她幾乎把唐鎮清瘦的男人都懷疑了一遍，沒有找出答案。她也一直期待在余狗子去賭博的寂寞夜晚，那人能夠再次進入她的房間，現在如願以償。沈豬嫲覺得自己枯萎的生命之花再度開放。

以前，沈豬嫲根本就瞧不起李騷牯。

他是個什麼樣的人？是唐鎮一個沒有出息的男人，家裡窮得叮噹響還不算，討了老婆後，還經常跑到屎尿巷裡聽女人撒尿，偷偷地趴在地上，透過茅房門底下的縫隙，看女人屙屎。某天晚上，他偷看一個女人時，被那女人的老公抓到，他的頭被按在了茅坑裡，弄得滿頭滿臉全是臭屎……這樣一個男人，有哪個女人會看得起他，就連他的老婆王海花也瞧不起他，在背後咒他：「短命鬼！」

沈豬嫲發現自己錯了。

以前都走了眼，看錯了這個乾瘦的男人。

他的床上功夫竟然這麼好，她的肉體被下作的余狗子拿去還過多次賭債，就沒有碰到過一個能夠讓她滿足的男人，那些爛賭鬼都是些不中用的東西。她的命運如此悲涼，嫁給余狗子後沒有過上一天好日子，如果有個男人能夠讓她滿足，她也會覺得人生有些燦爛陽光。她早就看穿了，活著就是這麼一回事，還不是為了兩張嘴，上面的嘴巴吃不上什麼好東西，也應該讓下面的嘴滿足，這樣不會白活一生一世。李騷牯給她帶來了希望和幻想，她相信，李騷牯還會在深夜爬上她的眠床。

李騷牯的身分可是和從前不一樣了，現在是唐鎮團練的副團總，誰不對他刮目相看？他還用得著去尿屎巷聽女人撒尿，或者偷看女人屙屎？他想要個女人睡睡還不容易？如果沈豬嫲真的伴上了他，他難道不會保護她？就是她在尿屎巷說別人的閒言碎語，也不會有人敢隨便打罵她了。想著這些問題，沈豬嫲心裡能不樂開花嗎？就是在夢中，也會笑醒！

沈豬嫲的菜賣得差不多了，把給胡喜來留的菜送到了小食店裡。

胡喜來在木盆裡洗豬大腸。

沈豬嫲弄不明白，為什麼那麼多人喜歡吃臭烘烘的豬大腸，她就不喜歡吃，上次從胡喜來這裡偷回去的豬大腸，她一口沒吃，全部被如狼似虎的余狗子和孩子們吃光了。

沈豬嫲喜形於色的樣子讓胡喜來十分不爽，他沒好氣地說：「沈豬嫲，你撿到金元寶了？你的牙齒都笑掉了！」

沈豬嫲說：「比撿到金元寶還好的事情都被老娘碰到了，氣死你這個老烏龜！」

胡喜來總是那麼大的火氣，「把菜放下就滾蛋吧，不是你的菜好，老子懶得理你這個千人屌萬人幹的爛狗嫲！」

胡喜來如此惡毒地咒罵，她也不惱火，笑著離開了。

胡喜來恨恨地說：「這婦人是瘋了！」

沈豬嫲走出店門，李騷牯陰沉著臉走過來，她笑臉相迎。沒想到，李騷牯壓根就沒拿正眼瞧她，不認識她似的，從她身邊走過，揚長而去。沈豬嫲癡癡地望著他的背影，自語自言道：「這官人好神氣喲，是個男人！」她想，李騷牯肯定不可能和她在大庭廣眾之下眉來眼去，她期待著深夜和他的碰撞。

沈豬嫲根本就想不到，李騷牯是她的災難。

這個深夜，沈豬嫲沒有等來李騷牯，欲火燒瘋的她，獨自一人在臥房裡野豬般嗷嗷叫喚。

李家大宅後院的一個密室裡，李公公和李慈林在油燈下商量著什麼重大的事情。李騷牯操著刀，帶著幾個團練在李家大宅裡巡邏，李慈林特別交代過他，要注意安全，現在是關鍵的時候。

李騷牯不清楚李公公和李慈林在密談。

李慈林說：「順德公，唐鎮基本沒有什麼問題了，主要的人都控制在我們手上。游屋村是唐鎮底下最大的村，游秤砣死後，村裡的一些重要人物也被我們控制，他們的村團練也成立起來了，會聽命於我們。唐鎮範圍內的其他鄉村，也都成立了村團練，這些武裝都在我們的掌控之下，不會有什麼問題了。現在，唐鎮的民心都向著順德公，我看時機成熟了。」

李公公的手托著光溜溜的下巴，沉思了一會說：「還是要做好各種準備，千萬不要出什麼紕漏。」

李慈林說：「好！」

李公公沉吟道：「李時淮捐了不少銀子，你以後對他客氣點。」

李慈林咬著牙說：「我恨不得一刀劈了他！」

李公公說：「克制，你一定要克制！小不忍則亂大謀！等我們完全掌控了唐鎮的局面，由你怎麼處置他！」

李慈林點了點頭。

李騷牯帶著兩個團練來到左院外面，兩個團練都一手提著燈籠，一手操著鋼刀。左院是李家大宅裡獨立的一個院落，唯一通向這個院落的圓形拱門緊緊關閉，李騷牯來到門前，推了推，然後又拿起鎖住門的銅鎖看了看。李騷牯正要離開，有女人嚶嚶的哭聲從左院裡面飄出來。

李騷牯心裡格登一下，她爲什麼要哭呢？李騷牯心裡升起一股涼氣，想起那張美貌的臉，渾身禁不住顫抖。

一個團練問他：「李副團總，你這是——」

李騷牯努力平息著自己緊張的情緒，慌亂地說：「沒什麼，沒什麼。我是尿急了！」

光緒二十九年十一月十五日，黃道吉日，是唐鎮土地廟落成後開光的日子。唐鎮又像過年過節一樣熱鬧，人們準備了三牲祭品，等請神儀式完成後，拿到廟裡去祭拜祈福。這天，修城牆的工地停工一天，所有人都要參加請神儀式。李紅棠這天沒有出去尋找母親，她也要去祭拜土地，希望土地公公和土地娘娘降福於她，早日找到母親。她一早起來，把漸漸變白的頭髮梳好，紮上辮子，盤在頭上，用藍花布包上。今天，她還挑了一身平時捨不得穿的半新衣裳穿上，這樣穿戴齊整去拜土地，顯得誠心，她一直認爲心誠則靈。時候一到，她就帶著穿著白棉袍的弟弟走出了家門。

李紅棠姐弟走在鎮街上，還是吸引了眾多的目光。李紅棠的臉色蒼白憔悴，可難以掩蓋她的秀美和婀娜身姿，冬子的俊秀挺拔自不必說，他們就是一對金童玉女。許多人私下裡說：「你看李慈林那五大三粗的樣子，怎麼就能弄出如此標致的一雙兒女？」許多沒有結婚的後生崽也偷偷地用冒火的目光瞟李紅棠，要是別的姑娘，他們會上前挑逗，對李紅棠，他們不敢輕舉妄動，他們害怕李慈林，誰敢動李紅棠一根毫毛，李慈林還不活劈了他。他們只能在內心表達對李紅棠的愛慕，他們私下裡說，誰要是娶了李紅棠，那是天大的福氣。

在這些人中，有兩個人的目光和別人不一樣。

一個是王海榮。王海榮站在一個巷子口，目光緊緊地盯著李紅棠，喉頭滑動著，呑嚥著口水。這個時候，他做出了一個重要的決定，加入團練！這也許能給他帶來一些機會，也許可以改變卑賤貧苦的人生，或許可以成爲李慈林的乘龍快婿。

還有一個人就是侏儒上官文慶。他的臉消瘦了許多，臉色蠟黃，他躲在一個角落裡，用無神的目光注視李紅棠。他的身體越來越差，好像很快就要死了。他的母親朱月娘也發覺不對，帶他到鄭士林老郎中那裡看過，鄭士林給他看完後，皺著眉頭說：「文慶的虛火很旺，先開點藥給他調理一下再說吧。」朱月娘帶兒子走後。鄭士林對兒子鄭朝中說：「上官文慶中了毒，可我不知道是什麼毒，這種毒會不會要他的命，我也不清楚，給他開了打毒固元的藥，不知道能不能起點作用！」鄭朝中點了點頭。鄭家父子的話，上官文慶自然聽不見，可他眞的有種預感，自己快不行了。他想，自己死了不要緊，希望自己死之前，能夠看到李紅棠的母親歸來，能夠看到李紅棠開心的笑臉。

李紅棠對那各種各樣的目光無動於衷，包括王海榮和上官文慶的目光。

煥然一新的土地廟，彷彿讓唐鎮人看到了希望。

土地廟裡的神龕上，土地爺和土地娘娘的塑像被紅布遮蓋著，要等請神儀式結束後，紅布才能揭開，披在塑像身上，然後，會由壯實的年輕人抬著，在唐鎮的街道小巷和田野上出巡一遍。

請神儀式在正午開始。

土地廟門口的那棵古樟樹，披紅掛彩。古樟樹前面用木頭搭建了一個兩米多高的壇子。正午時分，陽光絢爛。唐鎮百姓都聚集到土地廟前的空坪上。李公公也來了，各族的族長也都來了，他們站在第一排。李公公穿著黃色的絲綢棉袍，面帶詭祕的笑容，身後站著帶刀的李慈林和李騷牯，他們的臉色凝重肅殺。

請神儀式由朱銀山主持。

朱銀山站在壇子前，拖長了聲調說：「請神儀式現在開始，放炮——」

頓時，鞭炮聲劈劈啪啪響起，幾桿土銃齊放，響聲驚天動地，很多人用雙手捂住了耳朵。

鞭炮和土銃的轟鳴聲沉落下來。

朱銀山又拖長聲調說：「王巫婆上台請神——」

大家的目光落在了壇子右側幾丈遠處的王巫婆身上。王巫婆穿著一件五色的衣服，戴著一頂五角的布帽子，每個角一種顏色。她的這身打扮在冬子眼裡，就是一隻花蝴蝶。她松樹皮般的臉是褐色的，渾濁的眼睛裡透出一股攝人心魄的靈異之氣。她的兩手各攥著一束點燃的長香。

人們的目光裡出現了驚恐的神色。王巫婆是個讓人恐懼的人，基本上不和唐鎮人有什麼深刻的交往，成天躲在家裡，只在有人請她去做事，才會出門。據說她有很多各種各樣的符咒，那些神祕的符咒有著驚人的作用，比如，你喜歡上了某個人，王巫婆就可以給你張畫滿符咒的黃裱紙，想辦法把符咒燒成的灰放在茶裡給你喜歡的人喝了，她就會著了魔般的跟著你……沒有人敢對王巫婆不敬，包括唐鎮最清高的鄭士林老郎中。王巫婆作法時，人們都會抱著一顆敬畏之心，生怕被她看出來不敬後降禍在自己身上。

王巫婆攥著長香的雙手舞動著，不停地在原地旋轉，越舞越快，越轉越快，不一會，她就變成一團模糊的彩色幻影，頭臉身體都看不清楚了，她的嘴巴裡飛快地吐出一串串誰也聽不懂的尖銳咒語，尖銳的聲音在陽光中打著旋子，無限地飛升……唐鎮人相信，神眞的附在了她蒼老的身體上。

王巫婆竟然在飛速的旋轉中飛了起來，那團彩色的幻影騰空而起，落在了兩米多高的壇子上。

大家目瞪口呆。

王巫婆停止了旋轉，跪在了壇子上，緊閉雙目，口中還是念叨著誰也聽不懂的咒語。

就在這時，有人抬頭望了望天，驚呼道：「天狗食日！」

天空中的太陽一點一點地被蠶食，一點一點地變黑……天狗食日是十分罕見的事情，而在這樣重要的日子出現，像有什麼驚天的預兆，彷彿有什麼災禍會降臨到唐鎮。人們頓時惶恐不安。連唐鎮人的主心骨李公公也驚駭不已，連聲說：「不妙，不妙——」

跪在壇子上的王巫婆突然睜開了眼睛，咒語聲戛然而止。

她緩緩地站起來，臉皮抽動著，渾濁的眼中驚恐萬狀。

她喃喃地說：「要有大事發生了，不曉得是好事還是壞事……」

王巫婆的話說出口後，唐鎮人騷動起來。

李公公站在了木壇下，穩定了情緒，揮著手中的龍頭拐杖，大聲說：「父老鄉親們，大家不要慌，聽老夫說幾句。今天是個好日子，不會有事的，我們一起向土地爺和土地娘娘跪拜，保佑唐鎮平安，風調雨順，大家沒病沒災。」李公公說完，就走進了土地廟裡，揭掉了土地爺和土地娘娘頭上的紅布，焚香跪拜。

他的雙膝落地，跪在了神龕下。

廟門外的百姓也紛紛跪下，頓時，祈禱的呼號聲響起。

冬子也跪下了。可他沒有說話，頭一直仰著。他看著天狗漸漸地把太陽無情地吞沒。天地一片黑暗，從來沒有過的黑暗，讓人窒息的黑暗。冬子想，這是一場噩夢，比中秋節夜裡那場噩夢還恐怖的噩夢！他感覺到唐鎮真的要發生翻天覆地的大事了，他從來沒有如此清醒地感覺到唐鎮的危險。

呼號聲越來越響，在黑暗中衝撞。

呼號聲中還夾雜著哭聲。

黑暗沒有持續多久，天空就亮出了彎彎細細的一條金線。

金線發出刺眼的光芒，冬子的眼睛被灼傷，疼痛極了。

漸漸地，太陽一點一點地露出顏面，大地也漸漸明亮起來。就在太陽圓圓的臉全部露出來時，人們看到天空中飄下一塊黃布。那塊黃布吸引了所有人的目光，他們跪在那裡，抬頭仰望那塊緩緩飄落的黃布，人們的表情各異……

第九章

那塊黃布飄落在上官文慶的頭上。他伸手把神祕的黃布抓下來，攤開來看了看，上面寫著兩行字。上官文慶沒有上過私塾，根本就不知道黃布上面寫的什麼。人們都站了起來，默默地把目光聚焦在黃布上。王巫婆站在木壇子上，驚恐地俯視著唐鎮唯一的面色蠟黃的侏儒。他的父親和兩個姐姐都用厭惡的目光瞪著他，在這樣的場合，上官文慶給他們帶來的恥辱被無限地放大了。朱月娘的目光卻充滿了憐愛和擔心。其實，人們心裡都忐忑不安。可怕的寂靜使上官文慶瑟瑟發抖，彷彿手上捧著的那塊黃布是一場災禍。他突然擔心自己會被邪惡的命運奪去生命，奪去心中的愛。

李公公走了過來，神色古怪地朝上官文慶逼過去。他每邁出一步都是那麼沉重，像冬子的心跳。

李公所到之處，人們紛紛閃開，讓出一條過道。

李公公高大的身影像一團烏雲朝上官文慶覆蓋過來。

徹骨的冷！上官文慶的心被冰塊劃得疼痛。

李公公站在上官文慶的面前，擋住了陽光。侏儒的臉上一片陰霾，牙關打顫，雙手發抖。李公公朝他陰惻惻地笑了聲，伸出長長的手，輕輕地把那塊黃布取了過來。上官文慶好像被抽掉了筋，搖搖晃晃地倒在了地上。朱月娘驚叫一聲，朝他撲過去，把昏迷不醒的兒子抱在了懷裡，眼淚撲簌簌地掉落。

李公公意味深長地看了看這對母子，轉過身，大聲說：「余老先生呢？」

余老先生是唐鎮最有學問的人，他也在人群中，聽到李公公的叫喚，他舉著手說：「順德公，老夫在此！」

李公公走到了壇子底下，面對著人們說：「大家讓讓，余老先生你過來。」

余老先生顫巍巍地走出人群，來到了李公公面前，必恭必敬地對李公公說：「順德公有何吩咐？」

其實剛開始時，余老先生也和很多唐鎮人一樣，心裡瞧不起李公公，一個太監有什麼了不起，憑什麼在唐鎮高人一等。自從李公公總是在唐鎮請戲班唱戲，他對李公公的看法有了些許的改變，余老先生可是個戲癡，有戲看，比吃山珍海味還歡喜。

李公公把手中的黃布遞給他說：「余老先生，你看看這上面寫的是什麼？」

余老先生接過來，攤開一看，上面的字體是小篆，寫字的人還是有幾分功力的。余老先生看完後，渾身顫抖，大驚失色，「啊——」

李公公見狀，焦慮地問：「余老先生，這上面到底寫的是什麼？」

余老先生結巴起來，「這，這，這——」

大家心裡也捏著一把汗。

李公公說：「余老先生，你不要急，慢慢說。」

余老先生說：「我，我不敢說哇，這，這可要殺頭的！」

李公公說：「你說吧，沒關係的，這是上天降落下來的天書，又不是你寫的，你說出來，我們都可以給你作證，沒有人會殺你的頭。」

余老先生看了看李公公，又看了看焦急等待的人們，額頭上冒出了一層細密的汗。

李慈林粗聲粗氣地說：「余老先生，快說吧！誰敢殺你的頭，我就砍了他的腦袋，你一百個放心，快說吧！」

李慈林的話好像起了作用，余老先生擦了擦額頭上的汗，顫聲說：「上面寫著八個字，這八個字是——」

余老先生停頓了一下說：「清朝將亡，順德當立——」

站在後面的一個人說：「余老先生，你大點聲好不好，我沒有聽見！」

余老先生似乎是豁出去了，提高了聲音，「清朝將亡，順德當立——」

大家都呆了，面面相覷。這話要是傳到官府，真的要殺頭，滅九族的。

沉默，一片沉默。

余老先生說完後，快虛脫了，把背靠在壇子的柱子上，喘著粗氣。

李公公臉上一點表情也沒有，像尊塑像。

這時，王巫婆突然大聲說：「這是天意哪，天意哪——」

李慈林也突然大吼道：「天意不可違啊，老天爺要順德公當我們的皇帝——」說完，他跑到李公公的面前，噗通跪下，邊磕頭邊喊著：「萬歲，萬歲，萬萬歲——」

全場的人都呆了。

緊接著，李騷牯也跑到李公公面前，跪下來，邊磕頭邊喊：「萬歲，萬歲，萬萬歲——」

王巫婆也在壇子上跪下，高呼萬歲。

朱銀山也跪了下來，高呼萬歲。

幾個族長也跪了下來，高呼萬歲。

像是被傳染了一樣，黑壓壓的人們紛紛跪了下來，「萬歲」聲如潮水般響起，不絕於耳。

只有冬子和李紅棠迷茫地站在那裡，宛若置身夢境之中。

唐鎮變了天，李公公搖身一變，成了唐鎮的皇帝。

李公公準備在城牆修好後再擇個好日子登基，唐鎮人覺得有個自己的皇帝也是很好的一件事情，李公公彷彿給他們帶來了新的生活，一種有別於過去平靜如水的充滿刺激的生活。就拿修城牆來說吧，儘管他們出的都是義務工，沒有分毫報酬，可這件事情讓他們在寂寞的冬天有了事情可做，而且是件有意義的事情，自從那天在土地廟門口擁戴李公公爲皇帝後，他們幹得就更加起勁了，他們必須擁有自己的防禦工事，因爲他們都成了朝廷的叛敵，假如走漏了風聲，官兵殺過來，他們都會成爲刀下鬼。所以，唐鎮人修建城牆關係到自己的生死，士氣空前高漲，速度明顯加快。

李慈林的團練也加緊操練，他親自教他們練習刀槍劍棒，游老武師留下來關於不輕易授徒的訓誡也被他忘得乾乾淨淨。李慈林覺得離報仇的日子越來越近，心裡就莫名地興奮，更讓他興奮的是，突然擁有的權力。

王海榮真的是想參加團練了。

他抽空找了姐姐王海花，在晚飯後來到姐姐家裡。王海花正在灶房裡洗碗，見他進來，不冷不熱地說：「你來了。」

王海榮笑嘻嘻地走進灶房，「阿姐，我幫你洗吧。」

王海花說：「男人應該在外面打天下，洗碗算什麼！要向你姐夫學習，做個有出息的男人，你再這樣下去，一輩子也是幫人做長工的命，有誰家的姑娘肯嫁給你？你就等著打一輩子光棍吧！」

她的口氣變了許多，真是夫貴妻榮呀，如今李騷牯的地位不一樣了，是皇帝手下的紅人了，她對丈夫的看法有了改變，說話底氣也足了。

王海榮說：「阿姐，我錯了。」

王海花說：「你有什麼錯？」

王海榮說：「我後悔沒有聽你的話，去參加團練。」

王海花說：「什麼團練呀，馬上就要改成御林軍了，等改成御林軍，你姐夫就是將軍了！明白嗎？不過，和你說再多，也是浪費我的口水，你那番薯腦袋想不明白的。」

王海榮說：「我想明白了，這樣下去真的不行。」

王海花說：「你現在想明白太遲了。」

王海榮說：「不遲吧。我想參加團練！」

王海花說：「真的？」

王海榮點了點頭說：「真的，我已經下定決心了。」

王海花嘆了口氣，「不知道他們還要不要人了，現在參加團練都要走後門，並不是誰想進去就能進去的，你姐夫說，現在可嚴了！」

王海榮說：「我姐夫不是有權嗎，進一兩個人還不是他一句話的事情。」

王海花說：「權是有點權，可進人不是他說了算的，沒有李慈林點頭，你姐夫就是說破大天也沒有用！」

王海榮說：「姐夫和李慈林的關係不一般，我想只要姐夫肯幫忙，在李慈林面前美言幾句，李慈林還是會給他面子的。」

王海花想到這段時間李騷牯對她也熱情了些，經常半夜三更回來求歡，或許和他說說弟弟的事情，他會上心。王海花說：「我和他說說看吧，不過，我不敢給你打包票，能成就成，不成我也沒有辦法。」

王海榮高興地說：「多謝阿姐了，我就曉得阿姐心疼我。」

王海花說：「去去去，什麼時候嘴巴變得這麼甜！」

就在這時，李騷牯回來了。他一進屋就把掛在腰間的刀取下來，往桌上一放，坐在板凳上，衝灶房裡喊道：「上茶！」

王海花把茶壺遞給弟弟，「快給你姐夫倒茶，好好拍拍他的馬屁！」

王海榮屁顛屁顛地走出去，給李騷牯倒了一杯茶，放到他的面前。

李騷牯斜著眼睛瞥了他一眼，「你怎麼來了？」他對這個小舅子從來都沒好臉色。

王海榮滿臉堆笑，「沒事就過來看看阿姐。」

李騷牯喝了口茶，冷淡地說：「有什麼好看的，再看還不是那樣！」

王海花從灶房裡走出來，笑著說：「今天這麼早就歸家了呀，我還以爲你不回來了呢。吃過飯沒有？沒有的話，我去給你做！」

李騷牯說：「吃過了，忙了那麼久，現在事情終於有眉目了，慈林老哥讓我早點回家睡個好覺，接下來還會更忙的，不好好休息休息，累都累死了，你以爲做點事情那麼容易！」

王海榮說：「姐夫辛苦了。」

李騷牯又瞥了他一眼，「對了，你這個人平常不登門，今天登門一定有什麼事情，說吧！」

王海榮的臉一陣紅一陣白，他不好意思向姐夫開口，不住地用目光向姐姐求援。

王海花笑了笑說：「騷牯，阿弟他有件事情想讓你幫忙。」

李騷牯瞪了她一眼，「我和你說過多少次了，一點記性都沒有，不要再叫我騷牯了，我現在是唐鎮有頭有臉的人了，這樣叫你不嫌丟人？你應該叫我『官人』，像唱戲的那樣！對了，有什麼事就直說，吞吞吐吐的，憋屎呀！」

王海花笑笑，「好，以後就叫你官人！官人，是這樣的，阿弟他想加入團練。」

李騷牯看了看王海榮，冷笑著說：「嘿嘿，就你也想當團練？你敢殺人嗎？你怕死嗎？我看還是算了吧，你老老實實地幹你的農活，比什麼都好！你別看我們現在吃香的喝辣的，我們成天都把腦袋掛在褲腰帶上！」

王海榮的臉憋得通紅，「我不怕死，姐夫叫我做什麼我就做什麼，姐夫指東我絕對不會打西，殺人，我敢，敢！」

李騷牯說：「拉倒吧，就你——」

王海花說：「官人，你就幫幫他吧，你不看僧面也看佛面，我就這麼一個弟弟，你就忍心看他窮困潦倒？」

李騷牯喝了口茶，一手拍在刀鞘上，「好吧，我和慈林老哥說說，他要同意，我也沒意見，他要不同意，我也沒辦法！我醜話說在前面，團練可不是那麼好當的，你要是怕死，吃不了苦頭，現在還來得及收回你的請求，穿上了團練的衣服，就由不得你了，你的一切，包括你的命，也都是順德皇帝的了！」

王海花連忙對弟弟說：「還不快謝你姐夫！」

不要說謝了，就是讓他給李騷牯下跪，他也不會推辭，王海榮興奮地說：「多謝姐夫了！」

李騷牯揮了揮手，「謝個屌！好了，你回去吧！有消息我會告訴你的！海花，去給我燒洗腳水，老子要睏覺了！」

王海榮輕飄飄地走在回家的路上，充滿了希望，彷彿幸福生活伸手就可以觸摸到。他甚至想到了和李紅棠入洞房的美好情景，李紅棠還柔聲地喚他官人，他的心裡眞的樂開了花。

他喜氣洋洋地走進一條巷子，腳下被什麼東西絆了一下，一個趔趄摔了個狗吃屎，下巴都快磕掉了，一陣陣地刺痛！

他惡狠狠地罵了聲：「那個烏龜崽使的絆，不得好死！」

突然，他聽到了「嘰嘰」的笑聲，那笑聲陰冷詭異。王海榮渾身冒出了雞皮疙瘩，恐懼又警覺地說：「誰——」

一個無力的聲音從某個角落裡傳來，「烏龜崽，你要是眞心喜歡李紅棠，如果你還是個男人，就去向她表白，陪她一起去找她媽姆！」

王海榮聽出來了，這是上官文慶的聲音。

他喊道：「矮子鬼，屌你老母的，給我滾出來，看我揍不死你！」

上官文慶沒有再說話，巷子裡一片死寂。

王海榮站了一會，覺得不對勁，於是，在寒冷的風中一路小跑回家，他總覺得身後有個人跟著自己。

修城牆也好，唱大戲也好，李公公當皇帝也好……李紅棠都沒有興趣，那都是別人的事情，和她無關。她心裡想得最多的還是母親，還是要繼續找下去。這天晚上回家後，發現弟弟不在家，李紅棠的心一下子提到嗓子眼，她衝出了門，剛好看到緩緩走過來的上官文慶。上官文慶是病了，不知道他得的是什麼病，病了的上官文慶這些天沒能跟她去尋找母親，但他每天都在鎮東頭進入唐鎮的路口等她，回唐鎮時，李紅棠總是不讓他和自己一起走。

她虛弱地說：「文慶，你見到阿弟了嗎？」

上官文慶搖了搖頭，「沒有，他不在家？」

李紅棠焦慮地說：「這可如何是好，阿弟不會出什麼事情吧？」

上官文慶說：「紅棠，你莫急，我們分頭去找。」

李紅棠心想，只能如此了，便朝他點了點頭。

李紅棠想，冬子會不會在阿寶家。她敲開了阿寶的家門，開門的是疲憊的張發強。張發強嘴巴裡咀嚼著什麼東西，見到驚惶的李紅棠，就把嘴巴裡的東西嚥了下去，說：「紅棠，你怎麼啦？」

李紅棠說：「冬子在你家嗎？」

張發強搖了搖頭說：「不在。」

李紅棠喃喃地說：「他會跑哪裡去呢？」

張發強朝裡面喊了聲，「阿寶，你給我出來——」

阿寶聽話地跑了出來。

張發強問他：「今天你和冬子在一起玩了嗎？」

阿寶眨了眨眼睛，「上午我們在一起的，在河灘上玩堆石子，下午我就不和他在一起了，我看他回家了的。」

李紅棠在鎮街上挨家挨戶地問，沒有人知道冬子的下落。

上官文慶也找了很多地方，沒有找到冬子。李紅棠和他在家門口會合，上官文慶顯得十分無力。

李紅棠對他說：「文慶，你趕緊回去吧，你不回去，你媽姆又要著急了，我再想想辦法。」

上官文慶說：「我和你一起找！」

李紅棠說：「不用了，你趕快回去！」

上官文慶還要堅持，李紅棠發火了，「讓你回去你就回去，囉唆什麼！你要不回去，我再不理你了！」

上官文慶從來沒有看過她發火，嚇得渾身哆嗦，轉身就走了。

李紅棠心裡哀綿地說了一聲，「可憐的上官文慶——」

李紅棠突然想起了父親李慈林，他曾經帶冬子到李家大宅去過，今晚，父親是不是又把他帶到李家大宅裡去了呢？李紅棠往興隆巷走去。自從親眼見到父親殺人，一想到他就噁心，根本不想看見他。現在，爲了弟弟冬子，她卻要去找他。李紅棠內心飽受煎熬，命運把她折磨得焦頭爛額，面目全非。可在大多數唐鎮人眼裡，她宛若幸福的公主。

李家大宅的大門上掛著兩個紅燈籠，大門兩邊站著兩個高大威武手持長矛的團練。這兩個團練也許是從唐鎮臨近鄉村招來的，李紅棠不認識他們，他們好像也不熟悉她。

李紅棠走到門前的台階下。

一個團練兇神惡煞地說：「你是誰？這地方是你來的嗎，趕快滾開！」

李紅棠沒有害怕，說：「我是李慈林的女兒，來找我阿弟的！」

那兩個團練輕聲說了會話，然後那個團練的聲音緩和了許多，「哦，你是紅棠吧，我們聽說過，可是我們不會讓你進去的，你爹交代過，沒有他的指令，誰也不能踏進皇宮！」

李紅棠覺得好笑，李家大宅也叫皇宮，但是她怎麼也笑不出來。

她說：「我不想進去，我只是想知道，我阿弟在不在裡面？」

團練說：「你歸家去吧，不要找了，我們團總帶冬子少爺在裡面和皇上共進晚餐呢！」

李紅棠說：「你說的是眞的？」

團練說：「那還有假？我敢對天發誓，我說的千眞萬確！」

李紅棠的一顆心放了下來，只要冬子和父親在一起，應該不會出什麼問題，虎毒也不食子！李紅棠拖著沉重的步子回家。來到家門口，她又看到了上官文慶坐在門檻上，便說：「你怎麼還在這裡呀，我不是叫你歸家去嗎！」

上官文慶站起來，他手中提著一個包袱。他輕聲說：「紅棠，我歸過家的，喝完藥，我就出來了。」

李紅棠氣惱地說：「出來幹什麼？」

上官文慶說：「我給你送吃的東西，我曉得，你辛苦了一天，一定餓了，就讓媽姆做了點吃的，給你送來。你看，還熱著呢，你快拿進屋吃吧。」

李紅棠的眼睛一熱，心裡十分感動，可還是兇巴巴地說：「你是我什麼人哪？誰要吃你的東西，還不快拿走！你爲什麼要像鬼魂一樣跟著我？我和你無冤無仇的，求你不要管我的事情了，好嗎？」

上官文慶什麼也沒說，把手中的包袱放在地上，就離開了。

李紅棠看著他消失在夜色中的小背影，心裡說不出有多酸楚，眼睛也濕了。她提起地上的包袱，進入家中。她把沉甸甸的包袱放在桌上，點亮了油燈。包袱裡面是一個粗陶的煲，打開煲蓋，一股香味隨著升騰的熱氣飄了出來。她定睛一看，煲裡盛著米粉，米粉上面還有兩個煎得焦黃的荷包蛋。李紅棠輕輕地嘆了口氣，自言自語道：「文慶，你這是何苦呢？你這樣做，能有什麼結果？」

起風了，寒風嗚咽地颼過街道，傳來劈劈啪啪的聲音。

李紅棠的心又一陣抽緊，她擔心著什麼。

那一桌的好菜，大魚大肉，冬子看著沒有胃口，他已經沒有饑餓感了。他心裡惦念著姐姐李紅棠，不知道姐姐回家沒有，有沒有把母親帶回家，要是回家就能夠看到姐姐和母親，該有多高興，那才是他想要的幸福。

飯桌上坐著三個人，李公公坐在上首，李慈林坐在右側，冬子坐在左側。李公公笑咪咪地看著冬子，不停地往他碗裡夾菜，冬子低著頭，悶聲悶氣地吃著東西。

李慈林說：「皇上，這孩子不懂事，你老人家可不要記怪他喲！」

李公公用那陰陽怪氣的聲音說：「一家人說兩家話，老夫怎麼會記怪冬子呢，你瞧他眉清目秀的，多招人喜歡哪！」

李慈林誠惶誠恐，「多謝皇上看得起他！」

李公公呷了口酒，伸出手，輕輕地摸了摸冬子的臉，嘰嘰地笑道：「慈林，老夫有個想法，不知當講不當講？」

李慈林說：「皇上有什麼吩咐儘管說，我洗耳恭聽！」

李公公嘆了口氣，「唉，老夫還能活幾年！在老夫百年之後，連個傳宗接代的人都沒有。本來嘛，想從親房那裡挑個孩子過繼過來，可是那些孩子沒有一個老夫看得上的，都是些歪瓜裂棗，不能大用哪！」

李慈林心裡撲撲亂跳，「皇上的意思是？」

李公公又伸手摸了摸冬子白裡透紅的臉蛋，「嘖嘖，還是冬子可老夫的心哪！慈林，你要是同意，就把冬子過繼給老夫吧，老夫也不會虧待你們，老夫百年之後，這一切，還不都是你們的，誰也拿不走哇。」

李慈林聽完他的話後，呆住了，彷彿被天上掉下來的金銀財寶擊暈了腦袋。他心裡想的只是有了權勢後能夠順利復仇，根本就沒看那麼遠，想那麼多。李公公就是這樣一步一步地用些不可想像的東西，使他死心塌地。

李公公笑著注視他，「慈林，你意下如何？」

李慈林緩過神來，噗通跪在李公公的腳下，「謝皇上！」

李公公把他扶了起來，「那這事就這樣定了！」

冬子的大腦一片空白，不清楚他們在幹什麼。

這個晚上，李公公讓冬子留在大宅裡住。冬子想著回家，被父親訓斥後，才勉強留下來。

下午的時候，李慈林就把兒子帶進了李家大宅。李公公和李慈林就帶著冬子四處參觀。冬子沒想到裡面如此複雜，又如此氣派，每一幢房子都雕梁畫棟，每個院子都是花園。整個李家大宅有五個部分組成，分爲前院中院後院左院右院，前院叫大和院，中院叫寶珠院，後院叫藏龍院，左院叫浣花院，右院叫鼓樂院，每個院落相對獨立，又有走廊和門貫通。大和院是團練居住和訓練的地方；寶珠院是個大殿，是議事的地方，也是李公公登基後上朝的所在；藏龍院是李公公的居所；浣花院的圓形拱門緊緊關閉，他們沒有帶冬子進去；鼓樂院有個小戲台，那些房子裡好像住著人，冬子沒有見他們出來，好像那些人被鎖在房間裡。李家大宅裡彷彿藏著許多祕密，這是冬子參觀下來的感受。

李公公會在藏龍院給冬子準備好一個房間。吃完飯後，他們就把他送進了那個房間，然後他們就不知道幹什麼去了。房間裡特別暖和，下人燒好了火盆，火盆裡的炭火很旺。房間裡都是古色古香的家具，散發出詭異的光芒，冬子想，這些東西是從哪裡弄來的？那張眠床也古色古香，上面雕著許多花朵和人物。床上的被子是簇新的，青綠大花的綢緞被面。房間裡還有種奇怪的氣味，說不出那是什麼氣味。冬子躺在床上，蓋上柔軟的被子，不一會就覺得有點熱了，把手放在了被子外面。冬子忐忑不安。他沒有吹滅那盞油燈。在如此陌生又神祕的地方，很難安睡。

冬子的心和姐姐李紅棠一樣飽受煎熬。

不知道過了多久，房間裡某個角落吹過來一股陰冷的風，把書桌上的油燈撲滅了。冬子猛地坐起來，異常吃驚，密不透風的房間怎麼會有陰風吹過來？緊接著，陰風在房間裡鼓盪，越來越強烈，火盆裡的炭灰被捲起，火星四濺。寒氣刀子般割著他的臉，冬子瑟瑟發抖。

不一會，陰風停了下來，一個黑影站在床前。

冬子驚聲尖叫。

沒有人能夠聽到他的尖叫，甚至連他自己也沒有聽到自己的尖叫，喉嚨都滲出血來了，就是發不出聲音。

黑影陰惻惻地叫道：「請跟我來——」

這聲音彷彿從遙遠的地方飄過來。

冬子好像在什麼地方聽到過這樣的聲音，此時，因爲恐懼，他已經想不起來了，或者說，沒有心思想了。

冬子鬼使神差地從床上爬起來，穿上棉袍，跟著那個黑影走到門邊，黑影從門上穿了過去。冬子走到門邊，打開了門，也跟了出去。

「請跟我來——」

那冰冷又飄渺的聲音繼續。

冬子一直跟著黑影，走出了藏龍院，穿過一條長廊，來到了鼓樂院。黑影晃上鼓樂院的戲台後，就消失了。

呼喚聲也隨著黑影的消失而停止。

冬子站在戲台下，整個鼓樂院靜得連一根頭髮絲掉落的聲音都能聽得見，那些房屋鴉雀無聲，裡面住著的人不知是因爲恐懼屏住呼吸，大氣不敢喘一口，還是在沉睡？

戲台上突然出現一團白光。

白光中，出現了一個蒙面人，那個蒙面人把一根麻繩攀上了戲台的大梁，然後在麻繩的末端打了個活結，弄出一個圓圓的繩套。蒙面人把繩子的另一端拉了起來，圓圓的繩套就懸吊在一人高的地方。緊接著，幾個蒙面人把一個五花大綁的清瘦中年男子推上了戲台，中年男子憤怒地說著什麼，冬子什麼聲音也聽不見，戲台上發生的事情就像夢幻一樣。一個蒙面人把那繩套套在了中年男子的脖子上，勒緊。幾個蒙面人就跑到另一邊，把繩子拉起來，中年男子的雙腿離開了戲台檯面，被高高地吊了起來。中年男子雙腿亂蹬，一會就動彈不得了，他的雙眼眼珠暴突，舌頭長長地伸出來。那些蒙面人把中年男子的屍體放下來，用一張席子把中年男子瘦長的屍體捲了起來。這時，彷彿從李家大宅的某個角落裡傳來陰惻惻的冷笑，聽上去，像是李公公的冷笑。

冬子自然地想起了中秋節那個夜晚在小街上看到的情景，又想起了在野草灘看到的死人的腳，彷彿明白了些什麼，可不知道那個清瘦的中年男子是誰，他是個陌生人，冬子從來沒有見過他。

戲台上的白光消失了。

一片黑暗。

冬子在黑暗中厲聲尖叫起來。

這一回，他聽見了自己尖叫的聲音，真真切切地聽見了。

冬子淒厲的尖叫聲在李家大宅回響，驚動了在宅院裡巡邏的李騷牯，他提著燈籠帶著兩個團練趕了過來。看到冬子驚恐萬狀的樣子，連忙說：「冬子，你怎麼啦？」

冬子見他們過來，心裡安寧了些。

他想起了舅舅游秤砣的話，看到任何事情都不要說，誰也不要說。他就留了個心眼說：「沒什麼，沒什麼！」

李騷牯說：「沒什麼就好，沒什麼就好，你嚇死人了。」

這時，李慈林也提著燈籠趕來了。

李慈林問道：「發生了什麼事情？」

李騷牯說：「沒什麼，沒什麼。」

李慈林看了看黑漆漆的戲台，又看了看驚魂未定的冬子，滿臉狐疑，「冬子，你怎麼會跑到這個地方來？你到底看見了什麼？」

冬子眨了眨眼睛說：「我睡不著，就出來走走，我也不曉得怎麼就走到這裡來了。我什麼也沒看見。」

李慈林又說：「那你為什麼尖叫？」

冬子說：「這裡陰森森的，想想就怕，就喊叫出來了。」

李慈林說：「好了，我帶你回去睡覺吧，以後可別亂跑了。」

冬子說：「我要回家。」

李慈林說：「胡說八道，這麼晚了，回去幹什麼！」

冬子沉默不語。

李慈林帶著冬子回到藏龍院。

李公公拄著龍頭拐杖，鬼魂一般站在廳堂裡。

他用陰森的目光審視著冬子，一言不發。

冬子走近前了，他才說：「冬子，你不要怕，老夫就住在你對面的房間裡，你有什麼事情，可以叫我的。如果實在害怕，你也可以和我一起睡。」

冬子聽了李公公的話，心裡一陣陣發冷，渾身哆嗦。

他覺得自己陷入了一場巨大的陰謀之中。

冬子一夜未眠，好在房間裡再沒有起陰風，那黑影也沒有再出現。戰戰兢兢地縮在被窩裡過了漫長的一夜，看到窗戶漸漸發白，他才明白一個人的膽子是怎麼變大的，原來是嚇大的。

天蒙蒙亮時，他走出房間，跑出了李家大宅。

當他來到家門口時，看到上官文慶坐在門檻上，背靠門框沉睡，蠟黃的臉在薄明的天光中顯得灰暗，像個死人。他爲什麼會在冬子家門口睡覺，冬子不得而知。他沒有叫醒上官文慶，而是敲起了門。

雙眼浮腫臉色憔悴的李紅棠把門打開。

冬子喚了聲：「阿姐——」

李紅棠端詳著弟弟，「阿弟，你沒事吧？怎麼才回家呀？」

冬子說：「阿姐，我沒事，我在李公公家住了一個晚上。」

李紅棠連聲說：「沒事就好，沒事就好！」她一個晚上沒有睡覺，一直在廳堂裡編竹籃，等待著冬子的歸來，她以爲他再晚也會回來的。

李紅棠剛開始沒有注意到靠在門框上沉睡的上官文慶，但當她的目光落在他臉上時，心像是被突然捅進了一把刀子，異常疼痛。她心裡十分明白，上官文慶知道她一個人在家，怕她出什麼問題，一直守在她的家門口。她開門沒有吵醒他，和冬子說話也沒有吵醒他，難道他……李紅棠想，他本來身體就不好，有病纏身，夜晚那麼冷，還颼颼地颳著冽風，他是不是凍死在這裡了？

李紅棠彎下腰，深手摸了摸他的額頭，像冰塊一樣，他的整個身體已經凍成了一坨冰？李紅棠心裡說：「文慶，你可不能死哇！」她又把手指放在了他的鼻孔下，心裡一喜，上官文慶還有鼻息，儘管是那麼的微弱，重要的是這個人還活著。如果他死了，李紅棠會背上沉重的枷鎖，一輩子不得安寧。

李紅棠二話不說，不顧一切地抱起了上官文慶，走進家裡。她回過頭對滿臉迷惑的冬子說：「快進來，把門關上！」

李紅棠把上官文慶抱上了閣樓，上官文慶的身體輕飄飄的，沒有一點重量。這些日子以來，他明顯消瘦了許多。李紅棠把唐鎮唯一的侏儒放在了自己的眠床上，給他蓋上被子。她嫌不夠暖和，又把冬子床上的被子也捂在了上官文慶的身上。

冬子不解地問：「阿姐，他——」

李紅棠嘆了口氣說：「他是為了阿姐才凍成這樣的！冬子，你記住，這是一個有情有義的人，以後不許瞧不起他，唐鎮沒有比他更好心的人，也沒有比他更可憐的人！你記住沒有？」

冬子不理解姐姐的話，可他還是點了點頭，眞誠地說：「阿姐，我記住了。」

李紅棠說：「記住了就好，你看著他，我去熬點熱粥給你們吃。」

李紅棠風風火火地下樓了。

冬子看著上官文慶碩大的頭顱，心裡冒出一個古怪的想法，如果自己也是侏儒，那會怎麼樣？

漸漸地，上官文慶身上有了些熱量，不久，他嘴巴裡呵出了一大口熱呼呼的氣體，睜開了雙眼。他很奇怪，自己爲什麼會躺在這裡。他看到了冬子，有氣無力地說：「冬子，我這是在哪裡？」冬子說：「你在我家裡，是阿姐把你抱上來的，你現在躺在阿姐的床上。」上官文慶蠟黃的臉上露出了微笑，「啊，我是不是在做夢？」冬子說：「你不是做夢，這是眞的！」

冬子朝樓下喊道：「阿姐，他醒了——」

李紅棠回應道：「知道啦——」

上官文慶說：「冬子，你姐姐眞好！」

冬子說：「那當然。」

不一會，李紅棠端了一碗熱氣騰騰的薑湯，走上樓來。李紅棠坐在床頭，讓冬子拿了個枕頭，把上官文慶的頭墊高了些，就開始給他餵薑湯。李紅棠把調羹裡的薑湯放在嘴邊吹得不太燙了，就一點一點地餵到他的口裡。上官文慶喝著薑湯，幸福感熱呼呼地流遍全身，他還是有些受寵若驚，眼神羞澀，喝下一口薑湯後，輕聲說：「紅棠，我自己喝吧，讓你餵，不好——」

李紅棠說：「別說話，好好喝。以後別那麼傻了，你要是凍死了，你媽姆會哭死的。」

上官文慶說：「我凍不死的，我是唐鎮的活神仙。」

李紅棠嘆了口氣說：「你不是神仙，你是人。你看你都病成這樣了，還不好好在家養病，都成什麼了，還神仙呢！文慶，我知道你對我好。可是沒必要這樣，我做什麼，和你沒有什麼關係。你還是把病養好後，做你自己的事情吧，不要再管我了！就算我求你了，你這樣做，給我的壓力很大，我沒有力量再承受什麼壓力了！好嗎？」

上官文慶流淚了，可臉上還掛著微笑，苦澀的微笑。

李紅棠又說：「你喝完薑湯，躺一會，你覺得可以走了，就回家去吧，千萬不要在外面遊蕩了！以後你再這樣，我絕對不會再管你了，你救過我的命也沒有用的了。」

上官文慶點了點頭。

冬子聽他們說話，似懂非懂，他不清楚他們之間發生過什麼事情。

李紅棠出門去尋找母親前，對冬子說：「上官文慶好點了，就讓他回家去，你也不要亂跑，乖乖在家裡等我歸來。」

冬子使勁地點了點頭：「阿姐，你要小心哇！」

每次李紅棠出門，冬子心裡都充滿了希望，也多了份擔心和牽掛。

王海榮如願以償地加入了團練，這對他來說意義重大，心裡十分感激姐夫李騷牯。他以為加入團練後，美好生活由此開始，沒有想到，剛剛加入團練的第一天，就受到了挫折。他領到了一身黑色衣服，還有一把鋼刀。他喜氣洋洋地參加訓練，李騷牯看他這個樣子，當頭給他潑了一盆冷水，「你莫要得意，有你苦頭吃的，你還是做好脫掉一層皮的準備吧！」王海榮對李騷牯的話不以為然，到訓練場上後，才知道李騷牯的話不是嚇唬他的。

大清早，王海榮被叫醒，和其他團練一起來到了院子裡。

李家大宅大和院的院子很大，幾十號人排列整齊散開了站著也不會很擁擠。王海榮是新人，站在最後面一排最尾的位置。李慈林親自給團練當教練，每天早上，都讓團練們紮馬步，然後再教大家刀法。王海榮第一次紮馬步，顯然下盤不穩，剛剛紮下來一會，兩腿不停顫抖。李慈林注意到了他，便走了過去，看了看王海榮，冷笑了一聲，「你這也叫騎馬蹲襠？」王海榮大氣不敢出一口，面有懼色。李慈林突然一個掃堂腿過去，王海榮就重重地摔倒在地，痛得齜牙咧嘴。

李慈林說：「就你這熊樣，還來參加團練，你以爲這裡是混飯吃的地方哪？給老子爬起來，重新蹲好！」

王海榮顧不得疼痛，趕緊從地上爬起，重新紮好馬步。

李慈林對他紮的馬步很不滿意，給他做了個示範，王海榮按他的動作要領站好。

李慈林說：「你蹲好了嗎？」

王海榮輕聲說：「蹲好了。」

李慈林又一個掃堂腿過去，王海榮又重重地摔倒在地……就這樣，他一次次紮好馬步，又一次次地被掃倒，而且摔得一次比一次重。在這樣寒冬的早晨，王海榮渾身大汗，不知道是疼痛還是驚嚇造成的。最後一次被李慈林掃倒後，王海榮癱在地上爬不起來了，可憐兮兮地看著冷笑的李慈林，用哀綿的目光向李慈林求饒。

李慈林踢了他一腳，惡狠狠地說：「你這樣就報銷了？沒用的東西！老子還以爲你有多大能耐呢！就這屌樣，還想娶紅棠！好自爲之吧！」

王海榮突然覺得特別痛苦和絕望，看來，當團練並不是個好差事，並不比修城牆輕鬆，最重要的是，要想博得李慈林的歡心，十分渺茫，也就是說，他要得到李紅棠有天大的困難，這困難不亞於上天摘星。他想退出團練，回去做個本本分分的種田人，不再幻想，可已經回不去了。每一個加入團練的人，都在李慈林面前發過毒誓，如果背叛李公公，將不得好死！他如果離開，也許就會死於非命，只好硬著頭皮待下去，未來會怎麼樣，只有靠運氣了。

李公公當皇帝的事情，唐鎮至少有兩個人感到了問題的嚴重，他們都認爲這不是一件簡單的事情，並且爲自己的命運擔憂，也爲唐鎮人的命運擔憂，他們不像唐鎮的其他人那樣蒙昧盲從甚至狂熱，也不會被一些假象迷住雙眼。

一個是鄭士林老郎中。

唐鎮的很多事情讓他覺得不可思議，比如游秤砣的死，比如胡天生的亡，比如朱銀山家的遭劫，比如修城牆，比如李公公當皇帝……這一樁樁事情表面上好像沒有什麼關係，細想起來卻有內在的某種關聯。胡天生死的時候，口袋裡的那小半塊蛇糖掉在了鄭士林的藥鋪裡。那塊蛇糖是李公公給胡天生的，有人看到過這個細節，他只吃了一半，就從那棵古樟樹上掉下來摔死了，要不是瘋子或者自尋死路的人，誰也不會冒死爬上那棵靈異之樹，是不是蛇糖裡有什麼名堂？如果說，胡天生的死和李公公有什麼關係，那麼，李公公爲什麼要讓一個孩子死於非命呢？這應該從胡天生放火燒鐵匠鋪來分析。上官清秋說他們那些日子不在唐鎮是無稽之談，難道眞的有鬼在他的鐵匠鋪裡作祟，明顯是欲蓋彌彰，後來成立團練，看到團練們手中的那些長矛大刀，鄭士林就明白了許多。可憐的胡天生的死就變得合情合理。這也讓鄭士林對李公公產生了深深的恐懼，爲了不讓陰謀敗露，他甚至可以讓一個孩子去死……鄭士林不得不爲自己的命運擔憂，也爲唐鎮人的命運擔憂。

他根本就沒有能力和李公公抗衡，也不會和李公公抗衡，說穿了，他是個明哲保身的人，不會把心中揣摩的事情說出去，他知道，只要透露出一丁半點的口風，下一個死的人就是他鄭士林，甚至連獨生兒子鄭朝中的性命也難以保全。當他感覺到身處唐鎮的危險之中後，曾想過逃離這個地方。可是，逃到哪裡去呢？這年頭，天下烏鴉一般黑，哪裡沒有李公公這樣的人？這個世界根本就沒有淨土，如果有的話，那也是在他的心裡，心是多麼遙遠的地方，有時連他自己也看不到摸不著。無心的人，活著沒有恐懼，沒有欲望，也沒有痛苦。

另外一個人是李駝子。

李駝子用他沉默的目光看著唐鎮的變化，雖然沒有能力直起腰，眞正地抬起頭用正常人的目光看待這個世界，可他的眼睛能夠準確地捕捉到事實的眞相……這也許就是李駝子的悲劇。

他內心的想法和鄭士林截然不同。

誰也不知道，孤獨沉默的李駝子會做出什麼讓唐鎮人吃驚的事情。

他沒日沒夜地紮著紙人紙馬……好像要把一生的活計在短時間內幹完！

阿寶伸手摸了摸冬子身上那襲白絲綢棉袍，黝黑的臉上泛起紅暈，目光迷離，「嘖嘖，要是我也有條這樣的袍子就好了。」

他已經不止一次如此羨慕冬子了。

冬子口裡呵出了一口涼氣，撿起一個石子，往溪水裡扔過去。

他說：「阿寶，你眞的喜歡我的棉袍？」

阿寶認眞地點了點頭，「眞的！我和我爹說過，很快就要過年了，能不能給我做一身這樣的棉袍，你猜我爹怎麼說？」

冬子說：「你爹答應你了？反正過年都要穿新衣裳的。」

阿寶的臉色陰沉，「答應個鬼呀，最近我爹的脾氣特別不好，動不動就罵人。他朝我吼叫，說今年過年不要說新衣裳，就連年貨也沒錢買！我頂了句嘴，他還要打我。」

冬子說：「怎麼會這樣呢？」

在冬子的印象中，張發強是個很好的人，不像自己父親，成天兇神惡煞！

阿寶說：「我也不知道，我爹老是說，這樣下去全家都要喝西北風。」

冬子沉默不語。

阿寶說：「冬子，聽說你以後就要搬進李家大宅去住了，聽說李家大宅裡有個戲台，天天晚上有戲看？是眞的嗎？」

冬子說：「我才不要去那裡住呢，不好玩，我又不喜歡看戲，況且，也沒有天天唱戲呀！」

阿寶嘆了口氣，「要是能經常看戲就好了，那我也不要新衣裳了。對了，冬子，你進李家大宅去過，我想問你，你看到戲班了嗎，見到趙紅燕了嗎？」

冬子說：「沒有看到，什麼也沒有看到，趙紅燕是誰？」

阿寶睜大了眼睛，「怎麼，你連趙紅燕也不曉得？」

冬子說：「不曉得！」

阿寶無限迷戀的樣子，「就是那個長得最美、唱得最好的女戲子呀。」

冬子說：「喔——」

阿寶說：「能夠聽她唱戲，比什麼都好哇，我還夢見過她呢，她單獨在夢中給我一個人唱，好享受哇——」

冬子說：「阿寶，我看你是被她迷住了，你是不是長大了想討她做老婆呀？」

阿寶的臉發燙了，低下了頭。

冬子笑了。

阿寶在這個冬天裡，很難得看到冬子笑，冬子開心，他也高興，於是，他也笑了。

冬子說：「阿寶，不要再說什麼女戲子了，我問你，我們是不是好兄弟？」
阿寶說：「當然，你是我最好的兄弟！」
冬子說著就把自己身上的棉袍脫了下來，說：「好兄弟就要有福同享，有難同當。阿寶，把你的棉襖脫下來，我們換著穿！」
阿寶十分興奮，趕緊脫下了棉襖。
他們在寒風中抖抖索索地換上了對方的衣服。
冬子端詳著阿寶，忍不住笑出了聲，阿寶比他矮，穿上他的棉袍，顯然太長了，袍子都拖到了地上。阿寶也看著冬子笑了，阿寶的棉襖穿在冬子身上，顯然太小了，那袖子短了一大截，冬子的手臂露在了外面。就在他們交換衣服穿的時候，不遠處的一棵水柳後面，有個人在向他們探頭探腦，好像在監視他們。
他們都沒有發現那個鬼頭鬼腦的人。

寒冷肅殺的黃昏，天空陰霾，冽風捲著枯葉，在山野翻飛。李紅棠拖著沉重的步履，艱難地走在回唐鎮的山路上。偶爾有死鬼鳥淒厲的叫聲傳來，令人毛骨悚然。傳說死鬼鳥可以聞到死人的氣息，死鬼鳥不祥的叫聲預示著什麼，是不是唐鎮又有什麼人要死去？惡年月最根本的特徵就是死亡變得頻繁和正常，這和好年月的太平是相對立的。李紅棠饑寒交迫，出來兩天了，還是沒有找回母親，心裡又記掛著冬子，只好先回唐鎮再說。她的頭很痛，身心十分疲憊，她不經意地摸了摸自己的臉，陡然一驚，自己臉上的皮膚竟然如此粗糙，像是摸在松樹皮上面，她突然想到了王巫婆的那張老臉，十分恐慌。李紅棠在恐慌中朝前路望了望，翻過前面的那個山頭就可以看到唐鎮了，在天黑前，她可以趕回家。回家後，她想好好照照鏡子，看看才十七歲的自己到底變成什麼模樣。

李紅棠走上那個山頭，路兩邊的林子陰森森的，彷彿藏了許多兇險之物。兇險之物隨時都有可能朝她怪叫著撲過來。她並不害怕，有過黑森林的經歷後，她已經對這種險惡的環境淡然了許多。如果說唐鎮西邊的五公嶺是亂墳崗，孤魂野鬼出沒其中的話，那麼唐鎮東面的這個叫松毛嶺的地方，也不是讓人心安的所在，傳說這個山嶺自古有狐仙出現，有些人被狐仙迷了魂，就會走向一條悲慘的不歸路。

李紅棠站在山嶺上，薄暮中的唐鎮在她的眼簾中呈現，這個讓她又愛又恨的地方籠罩在一種詭異的黑霧之中，她心中有種莫名其妙的情緒在鼓盪。在走下坡路時，突然聽到山路邊的松林裡傳來窸窸窣窣的聲音，她的心提了起來，不會是狐仙吧？傳說中的狐仙都是在三種時間出沒，一是在早晨，一是在中午，一是在黃昏。現在是黃昏，正是狐仙出沒的時間。李紅棠往聲音傳出的地方瞟了一眼，那地方什麼東西也沒有，她加快了腳步。雖然說不是很害怕，可多一事不如少一事，她得趕緊離開這個陰森之地。

李紅棠停住了腳步，突然想到了上官文慶，會不會是他在這裡等她？這樣的事情，他是做得出來的，儘管她一次又一次地讓他不要管自己的事情了，他是個十分執著的人，李紅棠太瞭解他的品性了。她停下來時，那窸窸窣窣的聲音也停了下來，似乎更加證明了她的猜想。李紅棠突然轉回身，大聲地說：「上官文慶，你給我滾出來！和你說了多少次了，你還是這個樣子，太不像話了！」李紅棠以為自己說完後，上官文慶的小身子就會從松林裡的枯草叢中滾出來，微笑地用無辜的眼神望著她，結果沒有，她什麼也沒看到。她不甘心，換上輕柔的聲音說：「上官文慶，你出來吧，我不怪你，你出來好嗎，天很快就要黑了，我們得趕緊回家。」李紅棠說完，等了好大一會，還是沒有看到上官文慶，這時，她心裡就發虛了，腳心也發涼了，不禁心生恐懼。

眞的要是碰到狐仙，的確不是什麼好事情。前年，唐鎭一個後生崽，在中午時路過這個地方，被狐仙迷了，回到唐鎭後說的話都變了，本來粗聲粗氣的嗓門，變得細聲細氣，像女人一樣。這還不算什麼，令人驚恐的是，半夜三更時，他家裡總是會傳來狐狸的叫聲，他的身上也充滿了濃郁的狐騷味。人們看著他慢慢地變得形容枯槁，不久就鬱鬱而死。據說，那狐仙的道行還特別高，唐鎭的王巫婆拿它也沒有辦法，那個後生崽的家人請王巫婆到他家去作法時，王巫婆手中的桃木劍也被它折斷了，驚得王巫婆落荒而逃，回家後大病一場。類似這樣的事情，每隔兩三年總是會出現一次，唐鎭人對此心懷恐懼。

李紅棠接著往山下走去。

沒走幾步，窸窸窣窣的聲音又響了起來。

李紅棠心想，自己不會眞的被狐仙瞄上了吧？她不敢再回頭，只是加快了腳步。

不一會，身後窸窸窣窣的聲音變成了腳步聲。

李紅棠十分驚駭，小跑起來。後面的腳步聲也變得快疾。

李紅棠的雙腳發軟，渾身寒毛倒豎。她心裡哀叫道：「狐仙哪，我和你無冤無仇，你就放過我吧，我還有很多事情要做，媽姆還沒找到，阿弟又沒有長大，求求你，可憐可憐我，放我一條生路吧——」

後面的腳步聲離她越來越近，天色也越來越陰暗。

李紅棠此時才覺得上官文慶的重要，如果他在這裡，她就不會如此倉皇，如此恐懼！上官文慶雖然是個手無縛雞之力的侏儒，可他在李紅棠心中是個男人，是個可以保護她的男人。李紅棠心裡說：「該死的上官文慶，為什麼今天不來接我呢？你在哪裡呀——」

這時，她聽到身後傳來了一個男人渾厚的聲音，「姑娘，你別跑——」

這聲音怪怪的，是半生不熟的官話。

這該不會是狐仙的聲音吧？李紅棠想想自己要跑也跑不脫了，無論他是誰，現在她都要面對，她無法逃脫厄運的糾纏。李紅棠停下了腳步，站在那裡，一動不動，手心捏著一把汗。

她感覺到那人就站在身後，甚至可以聞到他的喘息聲。

李紅棠緩緩地轉回身，她的眼睛睜大了，嘴巴張開，驚叫了一聲，「啊——」然後身體一軟，癱倒在地，人事不省。

INK PUBLISHING　文學叢書 390

黑暗森林─一個太監的皇帝夢（上）

作　　者　李西閩
總 編 輯　初安民
責任編輯　鄭嫦娥
美術編輯　林麗華
校　　對　呂佳眞 鄭嫦娥

發 行 人　張書銘
出　　版　INK 印刻文學生活雜誌出版有限公司
新北市中和區建一路 249 號 8 樓
電話：02-22281626
傳眞：02-22281598
e-mail: ink.book@msa.hinet.net
網　　址　舒讀網 http://www.sudu.cc

法律顧問　漢廷法律事務所
劉大正律師
總 代 理　成陽出版股份有限公司
電話：03-3589000（代表號）
傳眞：03-3556521
郵政劃撥　19000691 成陽出版股份有限公司
印　　刷　海王印刷事業股份有限公司

港澳總經銷　泛華發行代理有限公司
地　　址　香港筲箕灣東旺道 3 號星島新聞集團大廈 3 樓
電　　話　852-2798-2220
傳　　眞　852-2796-5471
網　　址　www.gccd.com.hk

出版日期　2014 年 3 月 初版
ISBN　978-986-5823-62-7

定價 190 元

國家圖書館出版品預行編目（CIP）資料

黑暗森林：一個太監的皇帝夢 / 李西閩著.
-- 初版. -- 新北市：INK 印刻文學, 2014. 01
2 冊；15×21 公分. --（文學叢書；390-391）
ISBN 978-986-5823-62-7（上冊：平裝）. --
ISBN 978-986-5823-69-6（下冊：平裝）.

857.7　　102027174